Sara

ou

Le Livre
des sables

Du même auteur :

La Forêt d'Ambre – I– La marque
Roman, Sokrys, 2013

La Forêt d'Ambre – II– Destinées
Roman, Sokrys, 2013

Tom et le dragon
Album illustré par Maéva Regoin
Sokrys, 2013

La Chapelle de l'Ankou — I — Rencontres
Roman, BOD, 2016

La Chapelle de l'Ankou — II — La Traque
Roman, BOD, 2016

Les enfants de la Source — I — Réveil
Roman, BOD, 2018

Les enfants de la Source — II — Machiavel
Roman, BOD, 2018

Emmanuelle Hayer

Sara

ou

Le Livre des sables

Conformément au Code de la propriété intellectuelle (articles L.335-2 et suivants), toute reproduction, même partielle est interdite sans autorisation de l'auteur.

Édition : BoD – Books on Demand,
12/14 rond-point des Champs-Élysées, 75008 Paris

Illustration couverture Maeva Regoin

Emmanuelle Hayer
e.regoin@wanadoo.fr

ISBN 978-23-22392-59-9
Copyright © Emmanuelle Hayer 2018
Tous droits réservés pour tous pays

À mes anges gardiens…

Duel au lever du jour

— Tu ne peux pas faire ça ! rétorqua l'homme en toisant son cadet avec sévérité.
— Tu comptes te mettre en travers de ma route ? argua le jeune rebelle en haussant les épaules.
— Ne sois pas ridicule. Je ne peux pas faire ça, insista le Maître d'une voix tendue.
Puis, soudain, comme si un fil invisible se rompait, son regard s'assombrit pour se teinter d'une tristesse inattendue.
— Lelahel, je t'en prie...
Même si Achaiah le savait secrètement ébranlé, son interlocuteur ne cilla pas.
— Laisse-moi t'expliquer, argumenta le Maître, dans une ultime tentative.
— Inutile de te fatiguer. Je connais les risques et je sais parfaitement ce que je m'apprête à faire. C'est mon choix. Ma cause est juste.
— Mais tu n'as pas le droit ! C'était écrit !
— Oui, *c'était* écrit. Mais j'ai modifié les lignes, j'ai réécrit l'histoire.
— Je ne veux pas que tu partes, avoua Achaiah, ébranlé.
— Il faudra pourtant t'y résoudre.
— Rien ne t'y oblige, Lelahel. Je t'en supplie...
— Rien ne pourra me faire changer d'avis, Achaiah.

Le visage du jeune homme devint si hermétique que le Maître réalisa soudain qu'il venait de le perdre pour toujours. Il ferma les yeux et son cœur se serra. Dans une ultime réminiscence, il revit la première fois où la nouvelle recrue lui avait été confiée. Il avait tout de suite su que le garçon ne suivrait pas la voie tracée. En lui, il avait senti une fougue peu commune, un refus des conventions, une puissance inégalée...

Et un altruisme qui allait causer sa perte.

Oui, il l'avait su dès le départ : son destin serait exceptionnel.

Et dramatique.

Le dernier jour

Le 14 février, ça vous dit quelque chose ? Une date particulière pour les amoureux, non ?
Pour moi aussi.
Ce jour-là, j'avais prévu d'offrir un joli pendentif à Lucie. Le genre dont les filles raffolent, vous savez, super romantique : un petit cœur à partager entre elle et moi. Un signe du destin. Parce que ce jour-là, je vais le briser, son cœur.

C'est fou la vie, quand on y pense. Ce matin-là, je me suis réveillé comme tous les autres ados, autrement dit gonflé de testostérone, d'acné et de projets. Immortel, quoi.
Le pire, c'est de croire qu'on aurait *peut-être* pu éviter le drame... Éventuellement. Du style : et si je m'étais levé un quart d'heure plus tard ou si j'avais renversé mon bol de café comme un coup sur trois ?
Le genre de questions que ceux qui m'aiment vont ressasser sans fin.
Le genre de question que je ne me poserai plus jamais.

Je pourrais vous la raconter en boucle cette matinée, mais ça manquerait singulièrement de charme, croyez-moi. À mon avis, une fois vous suffira largement.

Bref, je me présente : Zack Ross.
Ok, pas la peine de ricaner en douce. Zack, c'est tiré d'un roman dont ma mère n'a hélas pas jugé utile de retenir le titre. Un héros super sympa, à ce qu'il paraît. Merci Zack ! Grâce à toi, je me suis forgé un caractère bien trempé.
Je suis en seconde.
Super le lycée. Ce que je préfère, c'est la liberté d'expression. Ça a l'air d'un détail, mais pour moi, c'est hyper important. Parce qu'en plus d'être affublé d'un prénom complètement bouffon, je pousse le vice jusqu'à porter des fringues pour le moins décalées. Je vous explique pas comment j'ai galéré au collège, mais ici on ne me remarque pas... Même avec mon borsalino, mon costard trois-pièces à rayures, ma cravate négligemment desserrée et mon long manteau noir tombant jusqu'aux pieds, style Johnny Deep dans Public Enemies. C'est vous dire !
J'ai pas ma langue dans la poche non plus. Je suis délégué de classe, je fais partie de deux associations et les injustices, c'est mon deal. Oh, je vous vois venir avec votre bouche en cœur ! Non, non, j'ai rien du lycéen modèle. Je bosse juste ce qu'il faut pour obtenir une moyenne potable, surtout pour que mes parents et les profs me fichent la paix. J'ai une super bande de potes, une copine et je fais du basket. Une vie super cool. J'ai une vague idée de ce que j'aimerai faire plus tard : journaliste, ça me paraît sympa. Bon, j'ai bien le temps de voir, non ?

Enfin, bref, je m'égare. J'étais censé vous raconter le 14 février, mais je recule l'échéance, allez savoir pourquoi…
Ce matin-là, il fait sacrément froid. J'arrive pas à émerger. L'hiver me fait toujours cet effet-là : j'échangerais bien ma vie contre celle d'un ours, mal léché de préférence. Je commence par déraper sur mon portable en me levant. Je

ronchonne. Au radar, je croise Ophélie en longeant le couloir et la perfide en profite pour me faire un croche-pied au passage. Quelle peste ! Je me rattrape de justesse à la poignée et elle glousse comme une dinde en filant. Trop tard pour riposter. Du coup, mon humeur vient de passer de *franchement maussade* à *pétard avancé* en moins d'une seconde. Je flanque brutalement un coup d'épaule à la porte de la salle de bains, ébranlant le mur par la même occasion.

Inutile de gâcher ma salive à vous parler de ma sœur : nous sommes en guerre perpétuelle. Je ne sais même pas de quelle planète elle débarque, avec ses talons aiguille, son rouge à lèvres hyper voyant et cette manière de tortiller les fesses devant mes copains ! À mon avis, il y a eu échange à la maternité et y'a que moi à m'en être rendu compte.

Cependant, il faut lui reconnaître au moins une chose, à la frangine : elle connaît drôlement bien mes limites et elle a jugé préférable de déserter la cuisine avant que je m'y installe. C'est une bénédiction de ne pas avoir à supporter ses gloussements hystériques à chaque fois qu'elle reçoit un texto, ce qui arrive ostensiblement toutes les trente secondes. Je peux mieux savourer celui que vient de m'envoyer Lucie pour la St Valentin.

Lucie...

Je l'ai rencontrée il y a six mois, lors d'une fête chez un copain. Pas franchement le coup de foudre. En voulant épater une autre nana, je lui ai écrasé les orteils ! Le boulet total. Elle m'a engueulé et je l'ai suivie une partie de la soirée en me confondant en excuses. Elle a fini par accepter un verre et refuser qu'on se revoie. Dans l'ordre. Mais c'était compter sans mon prof de français qui nous a sournoisement mis en binôme pour un exposé. À partir de là, impossible de nier qu'on était exactement sur la même onde : on a succombé, elle et moi...

Je suis amoureux, vraiment. J'aime la soulever jusqu'à mes lèvres pour l'embrasser, j'aime quand elle se tortille dans tous les sens en riant pour m'échapper, j'aime ses yeux noirs malicieux, ses cheveux sombres et soyeux, son corps souple et...

Oh merde, elle va tellement souffrir...

Ah oui, désolé, je me suis à nouveau égaré.

Le dernier texto de Lucie... Mon plus beau secret, mon ultime cadeau.

Voilà.

Je remonte en soufflant sur ma tasse de café et je jette mes bouquins en vrac dans mon sac. Je suis prêt. Même en avance. Alors je sors la petite pochette, je la tourne entre mes doigts en imaginant la réaction de Lucie lorsqu'elle l'ouvrira. Je souris. Je l'emmènerai boire un chocolat chaud, je ferai un peu durer le temps, juste pour la voir s'impatienter, se demander si par hasard, j'aurai pu oublier une telle date... À ce moment-là, je brandirai le cadeau tel un magicien et elle poussera des petits cris de joie. On s'embrassera et on partagera les deux moitiés de cœurs et...

La porte d'entrée claque. J'émerge de mon rêve à regret. Le lycée ! Je bondis dans l'escalier que je dévale comme un fou.

Je sors et le froid me saisit.

Je remonte le col de ma gabardine, enfonce mon feutre jusqu'aux yeux et maudis les températures glaciales. Le vent souffle en violentes rafales et le trottoir brille comme un diamant sous les réverbères. Ophélie marche prudemment devant moi. Ça me plairait bien qu'elle s'étale sur le verglas ! Ceci dit, je ferais bien de faire attention, moi aussi, il ne manquerait plus que je me torde une cheville, avec le match de samedi qui s'annonce serré...

Du coup, je regarde mes pieds, je suis à mille lieues de là.
Je ne sais pas pourquoi ma sœur se met soudain à hurler comme une hystérique.
Je relève la tête. Au ralenti. Comme dans un mauvais film au ciné.
Je distingue ma frangine, les yeux exorbités, une bouche immense ouverte sur l'horreur. Qu'est-ce qui lui prend ?
Et puis l'ombre apparaît et je saisis enfin.
Trop tard.
La vie qui défile devant vous, c'est des foutaises, si vous voulez mon avis. Moi, j'ai à peine le temps d'apercevoir deux yeux aveuglants dans le brouillard. Une gigantesque silhouette rugissante.
J'ai l'impression de me diviser en deux.
Primo, version cerveau intelligent, celui qui analyse froidement la situation : *Mon vieux, t'as un sérieux problème. Rapport à l'énorme camion qui est en train de te foncer dessus.*
Secundo, version cerveau primitif, celui qui pense qu'à sauver sa peau, celui qui hurle plus fort que tout le reste : *Oh meeeerde !*

Le crissement des freins se mêle aux hurlements de ma sœur. C'est la dernière chose que je perçois.
Puis l'impact. Très violent.
Du genre qui ne laisse pas une chance. Même pas celle de faire un bref séjour à l'hosto.
Le néant.

Et voilà. Connerie de destin, hein ?
Moi, Zack Ross, seize ans à peine.
Je suis mort.

Promesse, 1815

La première fois qu'elle le vit, elle avait onze ans.

Elle était assise sur sa chaise, les mains élégamment croisées sur son ample robe de soie pourpre, le menton levé en une parfaite imitation de la pose aristocratique de tous les adultes présents dans la salle de réception de ses parents. Il ne lui serait même pas venu à l'idée de bouger un orteil ou d'entortiller une anglaise blonde autour de ses longs doigts fuselés. D'abord parce qu'elle avait été élevée pour leur ressembler, ensuite parce qu'elle était bien trop intriguée pour y songer.

L'auditoire était nombreux, ce qui était déjà un évènement en soi. De plus, celui qui suscitait un tel engouement avait l'audace d'être de basse condition et sans aucune recommandation.

Lorsqu'il était entré, Sara avait cessé de respirer quelques secondes. Il paraissait presque aussi jeune qu'elle. Instinctivement, elle avait jeté des coups d'œil inquiets à l'assemblée, croisé des dizaines de regards aiguisés comme des lames et avait été convaincue d'assister à une mise à mort implacable. Les mains glacées, elle avait préféré reporter son attention sur l'inconnu. Sans doute avait-il fait un effort dans sa tenue vestimentaire, mais il semblait si mal à l'aise dans sa veste bien trop grande pour ses frêles épaules qu'elle en eut presque honte pour lui. Les yeux noisette du garçon s'affolaient, ne savaient où se poser jusqu'à ce qu'il aperçoive le piano, à l'autre bout de la pièce. Galvanisé par cette vision, il traversa la salle sans tenir compte des murmures de protestation qui l'accompagnaient.

Sara ne pouvait qu'être consternée par l'inconscience du jeune homme et sa méconnaissance des règles. Et elle était loin d'être la seule : son père, Erick Von Brunner, qui s'était tenu debout pour l'accueillir, commençait à s'empourprer d'indignation de n'avoir pas été salué, lorsque les mains du mélomane effleurèrent les touches du clavier.

Brusquement, les murmures s'éteignirent et le garçon capta toute la lumière sur ses cheveux aussi blonds que la lune. Plus rien n'existait dans cette salle que ses doigts et la musique qui s'envolait, limpide comme l'eau d'une source. De légère comme une bruine d'automne, elle enfla en crescendo jusqu'au roulement de tonnerre, retenant prisonnier chaque souffle de l'auditoire, pour en libérer brutalement la tension.

Durant le concerto, le temps sembla suspendu au-dessus de son dos légèrement voûté. Le jeune virtuose fermait les paupières et ne s'inspirait d'aucune partition. Même la note finale, d'une fraîcheur incomparable, ne parvint pas à sortir l'assistance de son envoûtement. Un silence profond accueillit le prodige qui finit par se redresser lentement, le regard tourmenté et anxieux.

Sara était elle-même si subjuguée qu'elle ne le quittait pas des yeux.

La première ovation rompit le charme suspendu : son père semblait être le premier à avoir repris ses esprits. La fillette relâcha doucement le tissu de sa robe qu'elle avait froissée sans s'en rendre compte, sous l'effet de l'intense émotion qui l'avait gagnée. Ce fut le signal que tout le monde attendait. Le tonnerre d'applaudissements qui suivit fit presque chanceler le jeune prodige devenu subitement blême en apercevant son hôte fendre la foule à grands pas pour le congratuler. Et c'était quelque chose de voir son père, véritable force de la nature, soulever de terre le pauvre gamin tremblant.

Sara relâcha la tension de ses épaules et tapota discrètement le coin de ses grands yeux bleu marine avec son mouchoir brodé. Tout autour d'elle, les commentaires fusaient, enthousiastes. On comparait le jeune garçon à un génie, un nouveau Mozart... Elle se sentait si fière d'assister à un tel évènement ! Lorsqu'un vaste mouvement poussa la foule à entourer le frêle héros pour le féliciter, il disparut aux yeux de la fillette, avalé par les robes longues et les queues de pie.

Sara se releva, continuant de défroisser sa tenue machinalement. Elle n'avait pas applaudi, elle n'avait plus de main, plus de corps, plus d'essence. Juste un cœur affolé. Cette musique...

Elle avait besoin d'air ! Elle se fraya un passage parmi les invités, se plaça devant la porte, attendant qu'on daigne lui ouvrir les battants. Elle descendit gracieusement les marches de l'immense perron et se dirigea vers la fontaine où elle trouverait la sérénité. Elle ferma les yeux quelques minutes pour offrir son visage au soleil éblouissant. Elle se souvenait de chaque sensation. C'était merveilleux. Son père avait découvert un génie et elle venait d'assister à sa naissance...

Il s'appelait Lukas Litsz et n'avait que treize ans.

*

La deuxième fois qu'elle le vit, trois années s'étaient écoulées.

Lukas était devenu le Virtuose de Vienne et les aristocrates se l'arrachaient. Il brillait partout où il passait : au conservatoire, au théâtre, dans les réceptions... Le père de

Sara, son Pygmalion, ne l'avait jamais ramené dans la riche demeure bourgeoise, jusqu'à ce jour. Depuis qu'elle avait appris la nouvelle de sa venue prochaine, Sara comptait les jours et les heures, mais se gardait bien de montrer un quelconque intérêt. Un tel comportement eût été totalement déplacé. La jeune fille connaissait parfaitement les exigences de son rang. Jamais un mot plus haut que l'autre. Rester ce qu'on attendait d'elle... Cela lui convenait.

Voilà pourquoi, en cette fin d'après-midi d'automne, elle se tenait cachée derrière les tentures, le front appuyé contre la vitre glacée, à guetter l'apparition de la calèche noire... Lorsque le fiacre déchira enfin le brouillard pour s'arrêter au pied des marches, elle soupira. Emportée par le vent qui soufflait en violentes rafales, la porte alla claquer brutalement contre le bois verni bien que le jeune garçon ait bondi pour tenter de la retenir. Le satin qui attachait sa longue chevelure platine s'échappa... Sara étouffa un rire devant la mine exaspérée du virtuose. Pourtant, lorsqu'elle croisa ses yeux, son hilarité s'évanouit. Leurs regards restèrent un moment accrochés l'un à l'autre, puis Lukas sourit timidement avant de s'engouffrer dans l'immense bâtisse, le ruban à la main, talonné de près par un deuxième musicien.

Sara s'adossa au mur, songeuse. Si le jeune garçon avait grandi, il n'avait pas vraiment changé. Il paraissait toujours efflanqué et maladroit et il nageait encore dans ses costumes, n'ayant apparemment tenu aucun compte des conseils qu'on avait pu lui prodiguer depuis trois ans à ce sujet.

Mais qu'importait... Dès qu'il commençait à jouer, la grâce accompagnait chacun de ses gestes et le charme envoûtait le public jusqu'à la dernière note...

Ce soir-là, pas une seule fois il ne regarda dans sa direction. Pourtant chacune de ses mélodies la touchait en plein cœur. À la fin du morceau, elle n'attendit pas les acclamations et se glissa aussitôt dans le jardin humide. Assise sur le rebord de la fontaine, elle fixait sans la voir la brume qui recouvrait la ville de son manteau cotonneux lorsqu'il surgit à ses côtés, comme un spectre. Elle ne sursauta pas. Elle ignorait pourquoi elle n'était pas surprise. Elle savait qu'il devait venir, c'était tout.

Il s'installa près d'elle et ils contemplèrent le chérubin de marbre qui leur faisait face sans prononcer une parole. Dans la salle, le deuxième musicien avait pris la relève et la mélodie leur parvenait, feutrée, irréelle.

Et si son père les cherchait, s'il leur arrachait cet instant de grâce ? songeait-elle avec une pointe d'inquiétude. Elle n'osait se tourner vers lui, mais elle sentait la force de son sourire irradier jusqu'à elle. C'était magique. Qu'est-ce qui pouvait le combler à ce point ?

À la fin du morceau, il disparut aussi mystérieusement qu'il était venu. Elle se demanda juste si elle avait rêvé le chuchotement de sa voix à son oreille :

Je reviendrai. Très vite...

Ce soir-là, la jeune fille qui couvait en elle parvint difficilement à trouver le sommeil.

Il n'avait pas menti. Trois jours plus tard, sa silhouette frêle surgit de la brume qui n'en finissait pas de peser sur la ville. Seulement, cette fois-ci, il n'avait pas été invité, il n'y avait pas de récital, pas de calèche. Ou alors celle-ci était restée derrière les immenses grilles closes.

Indécise, Sara s'était levée en le voyant. Il avait rattaché ses cheveux d'un geste embarrassé. Ces derniers semblaient si fins que le ruban ne cessait de glisser... Elle avait été prise d'une envie irrépressible de l'aider et avait souri légèrement devant cet accès d'audace qui lui ressemblait si peu... En observant son visage, il s'était détendu.

— L'autre jour, j'ai joué pour vous, avait-il confié d'une voix posée.

Elle n'avait su que répondre. Rien ne l'avait préparée à cette conversation surréaliste avec le Virtuose de Vienne ! Que pouvait-il bien trouver à une gamine aussi insignifiante qu'elle ? Elle n'avait aucun talent, se jugeait plutôt transparente comparée à sa sœur, la brillante et resplendissante Jana. Sara se savait commune, avec son visage encore enfantin, ses lèvres trop fines, ses cheveux blonds et ses immenses yeux foncés. Lorsqu'elle se laissait aller à se lamenter auprès de sa nourrice, celle-ci partait dans un grand éclat de rire et levait les mains au ciel :

— Attends de voir ce que deviendra ce vilain petit canard, ma caille. Attends de voir un peu !

Fridzi... À l'évocation de celle qui l'avait élevée, Sara sourit. Elle l'adorait, tout simplement. Leurs relations étaient emplies d'une tendresse et d'une spontanéité qu'elle était loin de trouver auprès de ses parents. Certes, elle aimait Érick, son père, mais la sévérité qu'il affichait envers ses enfants se lisait sur son visage peu avenant. Quant à sa mère Helena, elle incarnait l'image même d'une beauté inaccessible et froide, voire impénétrable, celle d'une étoile échouée par hasard sur terre. Jamais il ne lui serait venu à l'idée de serrer sa progéniture dans ses bras, tout juste prêtait-elle une joue distante et résignée au baiser du soir... Les journées de cette créature sublime et totalement éthérée ne tendaient que vers les réceptions et les salons mondains où elle brillait à sa manière, en prenant soin de rester parfaitement hors de portée du commun des mortels. Sara se demandait même comment son impétueux père avait pu s'éprendre d'une telle icône. Sa beauté, sans doute, à moins que ce fût l'alliance de leurs deux familles ?

Sara soupira sans même s'en rendre compte. Parfois, elle regrettait d'être née.

Son frère Armand servait dans l'armée où il excellait, et n'avait que faire d'une gamine comme elle. Jana, sa sœur aînée, attirait immanquablement l'attention sur elle, de par sa finesse aristocratique et sa silhouette plantureuse.

Sara, elle, n'avait rien pour briller : ni le physique, ni la grâce, ni l'intelligence. Parfois, elle essayait désespérément de ressembler à cette sœur qui la rejetait avec mépris. Alors, elle préférait se taire et errer dans les immenses pièces, esseulée et sans but précis.

Perdue dans ses pensées moroses, la jeune fille sursauta soudain en découvrant le jeune homme, debout devant elle, la paume tendue en une invitation muette. Sans comprendre, elle contempla ces longs doigts fins, capables de faire naître de la magie. Comme dans un rêve, elle y posa sa main. Alors ils valsèrent sans bruit, sans même se regarder, comme des fantômes dans la brume.

Ils n'avaient pas besoin de musique, ils étaient leur essence. Lukas, d'une simple pression, guidait ses pas.

Soudain, il s'éclipsa après avoir effleuré sa peau d'un baiser, sans que le moindre mot fût prononcé.

Il revint la nuit suivante. Et les autres aussi.

Elle l'attendait.

Et chaque soir, leur danse irréelle et silencieuse les entraînait un peu plus au cœur de l'immense propriété du château. Lorsqu'ils finirent par arriver au pied de l'enceinte enserrant le parc, Lukas s'arrêta de valser et Sara, désormais habituée à leurs pas légers, se sentit désemparée.

À l'abri d'un chêne majestueux, un banc de pierre accueillit le couple. Instinctivement, ils se blottirent l'un contre l'autre et ils restèrent sans bouger jusqu'à ce que Sara se mette à trembler.

— Vous avez froid ? s'inquiéta le jeune musicien. Je suis stupide, je vous raccompagne.
— Non, je vais bien, je vous assure.
Elle ne savait pas comment se comporter. Comment pouvait-il souhaiter passer du temps avec elle ?
— J'aime être en votre compagnie, Sara, avoua-t-il comme s'il était capable de deviner ses pensées.
Elle le regarda, interloquée.
— Vous êtes différente des autres, précisa-t-il. Vous trouvez naturel de danser au beau milieu de la nuit dans un parc sans la moindre mélodie… Vous me faites confiance, vous ne posez aucune question, Sara. Vous remplissez le silence par votre simple présence.
Sara sourit furtivement avant de baisser les paupières.
— Vous aimez ma musique ? poursuivit-il.
— Oui, avoua-t-elle dans un souffle.
— Que vous inspire-t-elle ?
Elle hésita avant de répondre.
— Une envolée vers le ciel, comme une brise légère. Quelque chose de divin.
Il éclata de rire :
— À ce point-là ?
Elle acquiesça. Il agita ses doigts fins sous leurs yeux.
— Je n'ai aucun mérite, ça me vient tout seul.
— C'est un don, remarqua la jeune fille.
— Et vous, quel est le vôtre, Sara ?
Elle n'avait pas besoin de réfléchir, elle n'en avait aucun. Devant sa mine résignée, il sourit gentiment :
— Moi, je sais.
Il fut ravi de la surprendre, il le vit bien à son visage intrigué. Mais elle persista à garder le silence. Alors il poursuivit :

— Vous êtes de la race des muses. Je puise mon inspiration au fond de vos yeux de nuit, Sara et je vous en remercie.

Une brève étincelle illumina le regard bleu marine.

— Depuis que je me promène dans ce parc, les mélodies me viennent et je n'en finis plus d'écrire dès que je rentre chez moi. Inutile de vous dire que votre père est aux anges !

Elle écarquilla ses deux perles de nuit :

— Mon père sait que nous nous voyons ?

— Non, avoua-t-il avec un sourire discret. Ça, c'est notre secret !

Un autre silence s'installa, léger comme une brise. Lukas soupira enfin.

— Je vais partir, Sara.

Comme elle s'apprêtait à se lever, pensant leur soirée achevée, il la retint par le bras.

— Non, vous n'avez pas compris, partir en voyage. En Europe. Érick ne vous a rien dit ?

Elle ouvrit la bouche puis se mordit les lèvres. Pourquoi son père l'aurait-il mis au courant de quoi que ce soit ? Elle se contenta de secouer tristement la tête.

— Je vous écrirai Sara. Et je reviendrai, je vous le promets.

Elle essaya de masquer sa détresse du mieux qu'elle put et se leva maladroitement. S'emparant de sa main, il l'entraîna vers le mur de pierre qui cernait la propriété. Sous ses yeux ébahis, il dégagea un pan de lierre qui recouvrait presque totalement une minuscule porte de bois. Il sourit malicieusement en brandissant une clé rouillée de sa poche.

— C'est par ici que je passe toutes les nuits. Viens, je vais te montrer quelque chose...

En réprimant un frisson, Sara se baissa pour le suivre. Elle n'était jamais sortie de la propriété sans escorte et encore moins de nuit, mais elle avait une confiance absolue en lui.

Lorsqu'ils s'engagèrent dans la ruelle sombre et silencieuse, il s'empara de son bras en la rassurant d'un sourire radieux.

— N'aie pas peur, ce n'est pas loin !

Ils déambulèrent quelques instants avant de déboucher sur la place de l'église St Charles. Sara ne put retenir une exclamation d'émerveillement. L'édifice, éclairé comme un palais des mille et une nuits, se reflétait dans le gigantesque bassin duquel il semblait surgir, crevant le ciel de ses colonnes. Ceinturant la coupole surmontée d'un lanternon, elles paraissaient n'avoir ni commencement ni fin. Karlskirche se mirait dans les eaux comme un trésor illuminé déposé par la main de Dieu, comme un diamant.

Tandis qu'elle s'extasiait en silence, Lukas ne la quittait pas des yeux. Puis il l'entraîna vers les marches et l'adossa au socle d'une des statues :

— M'attendras-tu ? souffla-t-il.

Elle leva le visage vers lui, intriguée :

— T'attendre ?

Il grimaça en haussant ses maigres épaules :

— Ton père a prévu de m'emmener faire le tour des capitales : Paris, Londres, Istanbul, Venise... Des récitals. Ma carrière. Je pars demain. Mon voyage sera peut-être long... Je voulais savoir si tu patienteras jusqu'à mon retour.

Elle baissa les yeux. Inutile de se leurrer, elle avait deviné, depuis qu'elle l'avait rencontré, que le destin de Lukas serait de conquérir l'Europe... Il allait lui manquer. Elle appréciait la présence rassurante et posée de ce génie de la musique qui lui accordait une partie de ses nuits sans rien demander en échange. De toute façon, qu'aurait-elle pu lui donner ?

Il se mit à rire doucement et elle leva les sourcils, étonnée. Sa gaîté avait quelque chose de cristallin, de pur.

— J'aimerai que tu me fasses une promesse...

Elle acquiesça, intriguée et il se contenta de cette réponse.

— Cet endroit est magique, Sara. Il nous appartient, à nous et seulement à nous. Lorsque tu voudras penser à moi, promets-moi de venir ici. Et moi, je te jure que je reviendrai dès que je le pourrai. Quand je tournerai au coin de la rue, tu seras là, avec ton sourire, comme ce soir, ma muse…

Sara avait les joues empourprées par l'émotion. Elle s'appuyait doucement contre la colonne pour ne pas vaciller. Derrière lui, les étoiles brillaient comme un ballet. La brume s'était dégagée. Lukas emprisonna son visage entre ses mains et se pencha vers elle. Leur premier baiser eut pour unique témoin un ange de pierre aux traits malicieux.

Ils restèrent blottis l'un contre l'autre durant plusieurs heures, se confiant à demi-mot leurs rêves éblouis, savourant leur étreinte.

Lorsqu'il la raccompagna chez elle, Sara se faufila dans les couloirs sombres, ombre légère, portée par un cœur amoureux et un baiser chargé de promesses.

Elle savait que sa vie allait prendre un autre tournant.

Elle ignorait que ce n'était que le début d'un long calvaire.

Fridzi

Le lendemain, lorsque Sara s'éveilla, les souvenirs de la veille affluèrent. Elle s'étira paresseusement avant de laisser flotter un sourire béat sur ses lèvres. Elle n'avait pas rêvé ni mal interprété les sentiments du jeune homme. On ne peut se tromper sur la nature d'un baiser...

Elle s'installa à sa coiffeuse et brossa longuement sa chevelure blonde, comme tous les matins.

Puis elle descendit sans bruit à la cuisine où tout un bataillon de marmitons s'activait déjà. Elle se posta discrètement dans un coin de l'immense pièce, observant avec amusement sa nourrice qui ne s'était pas encore aperçue de sa présence. La femme virevoltait avec autant de grâce que sa corpulence pouvait le lui permettre. Elle était en train de houspiller un apprenti qui n'avait pas retiré la brioche du four assez tôt. Au bord de l'exaspération, Fridzi finit par déloger le malheureux d'un coup de fessier bien ajusté.

— Par la Madone et tous les saints du paradis, mais qui m'a fichu un empoté pareil ! On lui donnerait un plateau qu'il trouverait encore le moyen de se le mettre sur la tête en guise de couvre-chef ! Regarde, idiot ! Cette merveille aurait dû rester dorée à point, mais grâce à la bêtise qui te caractérise et qui frise l'inconscience, mon garçon, la voilà plus carbonisée que si on l'avait roulée dans la cendre, pesta-t-elle avec humeur en déposant sur la table ladite brioche, que Sara jugea néanmoins fort croustillante...

Fridzi avait une fameuse tendance à l'exagération.

Ce fut à ce moment-là qu'elle aperçut la jeune fille. Instantanément, son visage s'illumina d'un sourire radieux et Sara se retrouva coincée contre son opulente poitrine tandis que Fridzi roucoulait :

— Mon petit oiseau des îles a bien dormi ? Viens donc là que je te regarde à la lueur de ce soleil blafard... Ah ça, ma colombe, tu es bien pâlotte, ce matin, tu dois mourir de faim ! Allez, ma jolie caille, goûte-moi ça !

Fridzi avait une fâcheuse tendance à l'affubler d'une volée de noms d'oiseaux...

Par malheur, Fridzi avait également pour habitude de croire que tout le monde possédait un appétit au moins aussi féroce que le sien, si bien que Sara se retrouvait tous les jours attablée devant un petit déjeuner pantagruélique qu'elle se contentait de grignoter, au grand dam de sa nourrice. Ce matin-là, la jeune fille ne dérogea pas à la règle et parvint à quitter la cuisine, accompagnée par les reproches affectueux, mais non moins virulents de la maîtresse femme.

Le reste de la journée se déroula comme dans un rêve. Les cours de maintien, de musique, de littérature glissèrent sur elle comme autant de fantômes irréels, elle ne faisait que songer à Lukas.

Lorsque le soir venu, elle enfila sa cape la plus chaude et se faufila hors des murs de sa demeure, le froid mordant faillit lui faire faire demi-tour. Indécise, elle scruta la nuit avant de poursuivre courageusement son chemin. La présence rassurante de son compagnon lui manquait cruellement. Chaque buisson lui rappelait les valses tendres qu'ils avaient partagées, leurs pas légers sur les gravillons blancs, leurs doigts entrelacés et leurs silences remplis de promesses.

Néanmoins, la perspective de retrouver l'église lui donnait des ailes. Heureusement, le parc était parfaitement entretenu et suivre les allées rectilignes se révéla être un jeu d'enfant. Le sol gelé crissait sous ses bottes, le givre ayant recouvert les branches d'un voile translucide que la lumière vacillante de son chandelier faisait scintiller.

Enfin elle bifurqua et se faufila au travers d'un bosquet plus touffu. Elle y était ! Lukas avait caché la clé sous une pierre du mur descellée par les racines d'un chêne et elle la retrouva facilement. Mais ses doigts étaient si engourdis qu'elle éprouva beaucoup de mal à tourner la clé dans la serrure… Quand la porte s'ouvrit finalement, dans un grincement sinistre, elle soupira de soulagement, souffla les bougies et se glissa par l'entrebâillement. Une fois dans la ruelle, elle posa une main tremblante sur son cœur pour tenter d'en calmer les battements désordonnés, puis elle recouvrit sa tête d'un ample capuchon. La peur lui fit longer l'interminable mur de sa propriété, puis elle poursuivit sa route, les sens aux aguets. À cette heure de la nuit, les rues de la capitale étaient désertes et Sara ne rencontra âme qui vive. À part un chat noir famélique qui vint se frotter à sa robe, en quête de caresses. Tandis qu'elle se penchait vers la pauvre bête, elle ne put s'empêcher de penser que sa sœur se serait probablement évanouie à l'idée que cette créature du diable puisse l'approcher… Jana était tellement délicate ! Le félin consentit même à se laisser prendre. Rassurée par la chaleur de l'animal qui ronronnait entre ses bras, la jeune fille s'avança sur la place scintillante comme un diamant, les yeux rivés sur la somptueuse église bâtie comme un palais. Elle s'arrêta au bas des marches, le cœur battant. En fermant les paupières, elle se revit danser, Lukas fredonnant la musique à son oreille. Le chaton pelotonné contre elle, elle leva le visage vers la statue :

— Bonsoir Ange. Je vais m'installer un peu près de toi, tu me protégeras du froid !

Elle frissonna et s'adossa au socle. Au-dessus d'elle, l'ange paraissait fixer un détail dans le lointain, un énigmatique sourire étirant ses lèvres fines, parfaitement insensible à sa requête. Elle soupira, laissant le temps s'écouler et ses idées s'évader. Lorsqu'elle décida de rentrer, le chaton, qui s'était endormi contre elle, entrouvrit un œil, et, mû par un instinct sauvage, sauta de ses bras et disparut dans la nuit. Déçue, Sara prit le chemin du retour.

Le silence et l'obscurité accompagnèrent chacun de ses pas. Un fiacre passa dans le lointain. Soudain, des voix masculines jaillirent d'une ruelle, sur sa gauche, tout proche. Affolée, la jeune fille accéléra l'allure et finit par se mettre à courir jusqu'à ce qu'elle aperçoive l'enceinte de sa demeure. Ce n'est qu'une fois la lourde porte de bois refermée sur le danger que sa respiration reprit un cours plus normal. Transie de froid, elle se faufila alors jusqu'à sa chambre. Avant de sombrer dans un sommeil sans rêves, elle se demanda si elle avait totalement perdu la raison. Lukas serait absent très longtemps. C'était insensé de l'attendre là-bas !

Pourtant, plusieurs soirs par semaine, elle continua à se rendre au pied de l'ange et à scruter l'avenue déserte, se souvenant de ses mots, de ses gestes, de leur danse fantomatique dans la brume.

Père ne donnait pas de nouvelles.

Sara comptait les jours… Le temps s'écoulait, monotone.

Jusqu'à ce jour de novembre…

Alors qu'elle errait, désœuvrée, dans le couloir longeant le boudoir de sa mère, des bribes de voix attirèrent son attention. Au lieu des verbiages et futilités quotidiennes, un timbre s'élevait, avec force et assurance. Contrairement à son habitude, Sara se colla contre le mur pour pouvoir mieux écouter, intriguée.

— Il y a tant de misère chez le peuple, tant de besoins... Et si peu de personnes disponibles ! Je suis très fière de diriger les religieuses au dispensaire, mais nous ne sommes qu'une poignée, hélas...

La bouche de la jeune fille s'arrondit de stupéfaction. Si elle en croyait ses oreilles, cette inconnue évoquait librement ses activités au sein d'un hospice ! Avait-elle réellement l'intention de vouloir convaincre sa mère ? C'était bien mal connaître Helena ! Sans surprise, un silence consterné accueillit la proposition à peine voilée. Sara retint son souffle, craignant la réponse cinglante de sa mère, réponse qui se fit attendre. Helena finit par émettre le cri étranglé d'un animal pris au piège. Sara hocha la tête : elle imaginait sans peine l'élégante Helena manquant d'air, outrée.

— Mais, balbutia la précieuse créature qui lui avait donné le jour, comment faites-vous pour vous occuper de cette... vermine ?

On aurait pu penser que le terme lui avait échappé. Mais il n'en était rien, Sara le savait. Lie, peuple du bas-fond, misère, tout était englobé dans un miasme morbide dont l'aristocrate avait soigneusement nié l'existence toute sa vie. Tant de dégoût dans ce mot, jeté du bout des lèvres, comme un outrage : quel affront d'oser déballer toute cette boue, chez elle, dans son salon douillet ! Néanmoins, consciente de la bienséance, la noble femme tenta d'adoucir sa remarque :

— Mais, enfin, vous n'y pensez pas sérieusement, ma chère... Je suis débordée ! Depuis que mon époux est parti faire le tour de l'Europe, il m'incombe la lourde tâche de diriger tous nos serviteurs. Je n'ai pas une minute à moi, vous savez !

Un brouhaha accueillit ce mensonge éhonté : les courtisanes auraient approuvé n'importe quoi pour obtenir ses faveurs. Sara en avait la nausée : c'était déjà pénible d'entendre sa mère mentir aussi effrontément, mais encore plus navrant d'imaginer les visages empourprés d'indignation de ses amies. D'ordinaire, Sara éclatait d'un rire sonore à chaque fois que Fridzi singeait les simagrées de ces vieilles dindes à chapeau à plume. Mais cette fois-ci, elle avait trop honte pour que cela lui arrache ne serait-ce qu'un sourire.

La réponse cinglante de l'inconnue la fit sursauter, plongeant la jeune fille dans la perplexité :

— Dans ce cas, je ne voudrais pas abuser, *très chère...* Je n'ai absolument pas de temps à perdre à écouter vos stupides jérémiades !

Médusée, Sara perçut des cris outrés, des froissements de robes et n'eut pas le temps de s'enfuir que déjà la femme lui faisait face. Aussi stupéfaites l'une que l'autre, elles restèrent quelques secondes à se dévisager, puis l'inconnue claqua la porte et s'éloigna d'un pas vif, le visage fermé. Collée au mur, les paupières closes, la jeune fille avait toutes les peines du monde à retrouver sa sérénité. Ce n'était pas de la détresse qu'elle venait de lire dans ce regard noir, mais un mélange de rage, de dégoût et de détermination.

Sara n'avait aucune envie d'entendre les remarques acerbes qui ne manqueraient pas de fuser dans le salon. Sans savoir réellement ce qu'elle faisait, elle suivit la femme, attirée par son courage comme un papillon par la lumière d'un lampion.

Finalement, elle courut après la fugitive et la rejoignit au bas du perron.

— Attendez ! Pourrais-je vous parler ?

L'inconnue la toisa sans comprendre, avant de rétorquer avec humeur :

— Et qui es-tu, toi ?

Puis, d'un geste de la main, elle balaya la réponse évidente :
— Oh, je devine... *Sa fille* !
Sara hésitait. Les yeux sombres de la femme luisaient de colère et elle avait toujours craint le courroux des adultes, préférant la fuite à l'affrontement. Mais, étrangement déterminée à se faire entendre, pour la première fois de sa vie, elle exposa courageusement son point de vue.
— Moi, je suis intéressée par votre proposition.
Son interlocutrice la jaugea avec suspicion.
— Pauvre petite fille riche ! lança-t-elle en la toisant avec dédain. Pourquoi ferais-tu une chose pareille ? Tu n'as aucune idée de ce que cela implique ! L'oisiveté te pèse donc tant ?
Sara blêmit sous l'insulte et se tordit les mains. En temps normal, elle aurait déjà battu en retraite. Mais elle resta pétrifiée, triste et blessée. Au bout d'un interminable silence, un petit miracle se produisit : le visage revêche et méfiant s'adoucit légèrement.
— Et pourquoi ferais-tu cela ?
— Vous avez besoin d'aide. Je veux me rendre utile.
— Cela se tient, avoua l'inconnue, pensive. Le fait est que j'ai en effet besoin de bras, mais les tiens me semblent si frêles...
Sara affronta le regard inquisiteur sans ciller.
— Écoute, soupira enfin la femme. Je serais idiote de refuser. Ce sont des intentions bien généreuses pour une demoiselle si jeune. Je ne sais pas à quoi tu t'attends, à vrai dire, mais tu verras bien au bout de la première journée si as le courage de poursuivre. Viens demain à l'hôpital et je te confierai quelques menues tâches...
Sara sourit, soulagée. Voilà. Elle avait accompli son premier acte délibéré et en ressentit un frisson de plaisir et d'excitation.

L'inconnue avait déjà tourné les talons et s'était éloignée de quelques pas lorsqu'elle stoppa brusquement avant de se retourner à moitié.

— Je ne sais pas comment tu comptes expliquer ça à ta mère, jeta-t-elle négligemment. Au fait, transmets-lui ce message : Anne de Boehn n'oublie jamais, au grand jamais, un affront !

Sara admira son aplomb. Décidément, cette femme lui plaisait ! Elle la regarda disparaître avant de hausser les épaules. Helena se moquait éperdument de ce que sa cadette pouvait faire de ses journées. Tant que Sara était docile, effacée, qu'elle se conformait aux règles et suivait ses leçons, pourquoi y aurait-il eu un problème ? La jeune fille savait qu'elle pouvait encore profiter de quelques années avant que sa mère ne commence à s'intéresser à elle. Autrement dit, à lui choisir un prétendant assez noble pour perpétuer leur lignée. D'ici là, tout juste se souvenait-elle qu'elle avait une seconde fille…

Sara remonta lentement les marches du perron, songeant avec appréhension à la réaction de Fridzi, qui elle, risquait d'être particulièrement explosive ! Le soir même, elle aborda le plus délicatement possible le sujet et se résigna à attendre la fin de l'orage. Pendant plus d'une heure, sa nourrice se répandit en cris tragiques, s'arrachant les cheveux, se tordant les mains de désespoir, gémissant, se lamentant inlassablement :

— Mais mon petit canari, comment veux-tu que je te laisse faire une telle folie ? Tu es si fragile, si exquise ! Tu n'y penses pas ! Là-bas, c'est un enfer sur terre ! Il y a la peste, le choléra, les moribonds ! Tes si délicates mains seraient abîmées, souillées par le sang, la maladie, la crasse… Oh ma caille ! Je n'ose pas l'imaginer !

Au bout du compte, à court d'arguments et laminée par le peu de réactions de sa protégée, Fridzi changea de tactique. La petite était pâle et se tenait immobile, assise dans un geste apparent de soumission, mais au fond de son regard luisait un éclat de bravoure. Allons, elle la connaissait bien, sa Sara ! On ne pouvait pas dire qu'elle n'aurait pas tout essayé pour l'en dissuader. Mais elle ne savait rien lui refuser. Elle tendit les bras et la jeune fille vint s'y réfugier.

Lorsque Sara arriva le premier matin, Anne de Boehn l'attendait. En silence, elle présenta à son apprentie une longue blouse en toile de jute grise, et lui fit signe de l'enfiler. Puis elle l'encouragea à la suivre dans la visite des salles communes.
— Si tu le veux, tu pourras donner à manger aux patients.
Les deux femmes traversèrent une immense pièce où s'activaient au moins une dizaine de sœurs. Parfois, par manque de place, deux malades partageaient le même lit. En parcourant la première salle, Sara se mit à respirer involontairement par la bouche. L'odeur était insoutenable. Un mélange de crasse, de pourriture et de sang. Les émanations de la mort avaient imprégné les rares tentures qui isolaient les fenêtres du froid. Sans se préoccuper du malaise de sa jeune compagne, l'infirmière en chef retrouva l'un des médecins du dispensaire et ensemble ils commencèrent la visite, lit après lit. Aucune maladie ne lui fut épargnée, depuis les cas de gale, de gangrène et d'affections purulentes jusqu'aux amputations et infections diverses.
Anne s'informait de chaque patient, prodiguait conseils aux sœurs et chacun avait droit à un mot d'encouragement et à un sourire avant qu'elle ne reparte. Peu à peu, la jeune fille se focalisa sur les gestes précis de la professionnelle et elle cessa

de paniquer. Elle était venue pour cela. Soigner. Apporter son aide, et Dieu sait qu'il y en avait besoin !

Les salles se ressemblaient toutes, à cela près qu'elles étaient bondées et que des gémissements s'échappaient par intermittence des bouches tordues par la douleur. Sara avançait, suivait Anne comme son ombre. Elle s'obligeait à revêtir un masque impassible, mais ses efforts furent réduits à néant lorsqu'en arrivant dans la troisième pièce, un cri épouvantable la fit chanceler. Anne de Boehn se tourna enfin vers elle, la forçant à faire demi-tour.

— Inutile d'aller plus loin pour aujourd'hui.

Puis elle interpella une sœur qui passait non loin d'elle :

— Pouvez-vous donner un plateau à cette jeune demoiselle afin qu'elle puisse aider à nourrir les malades ?

Sara lui lança un regard reconnaissant et suivit la religieuse peu loquace, en essayant de faire abstraction des hurlements qui reprenaient de plus belle derrière elle. D'un signe de tête, son guide lui indiqua un chariot et s'affaira plus loin, la laissant désœuvrée. Sara s'empara finalement d'un bol et glissa un tabouret près d'une femme au visage émacié. Elle plongea sa cuillère dans une bouillie indéfinissable et aida la moribonde à manger.

Ainsi débuta sa première après-midi : à nourrir les malades et à nettoyer les sols.

Le soir venu Anne la raccompagna jusqu'à la porte de l'hospice et observa attentivement sa mine épuisée.

— Rude journée ?

— Oui, avoua la jeune aristocrate en soutenant son regard.

Apparemment satisfaite de son inspection, Anne approuva.

— Tous les jours ressembleront à celui-là. Parfois, ils seront bien pires. Tu pâlis ?

— Non, madame.

— Appelle-moi Anne. Te verrai-je demain ?

— Je serai là, affirma résolument Sara.
— Bien, renchérit la femme. J'aperçois ta nourrice. À demain donc, si tu en as le courage.

Au visage hermétique de Fridzi, Sara devina son humeur exécrable. Elle fut forcée de subir un deuxième examen, nettement plus méticuleux que le premier. Fridzi claqua la langue en signe de désapprobation, inspectant la peau déjà abîmée de ses mains, découvrant une robe tachée et déchirée, puis elle fit volte-face et partit en grommelant. Le silence dont elle s'entourait inquiéta quelque peu Sara.

Le soir venu, la nourrice récura la peau pâle et frotta vigoureusement les cheveux emmêlés. C'était le seul moyen qu'elle eut trouvé à sa disposition pour prouver son mécontentement. Enfin, lorsqu'elle eut coiffé et tressé la longue chevelure de sable, Fridzi s'accroupit devant la jeune fille. Ses premiers mots furent les plus difficiles à sortir.

— Tu ne vas pas y retourner demain ? glissa-t-elle sans espoir.
— Si. Demain et les jours suivants, déclara Sara fermement.

Fridzi se leva subitement, le visage légèrement empourpré, les mains sur les hanches. Elle fixa sa protégée d'un regard excédé, se mit à faire les cent pas entre la fenêtre et le lit, puis poussa un soupir à fendre les pierres.

— D'accord ma colombe. Je suppose que tu sais ce que tu fais. Tu as de la chance que ta mère ait l'esprit occupé à dénicher un prétendant à ta sœur ! Allez, dors, mon poussin, cette journée a dû être si éprouvante pour toi.

Sara se coucha docilement, caressa la joue de sa nourrice et, la retenant un peu, murmura à son oreille :

— Merci, ma Fridz. Ne t'inquiète pas, tout ira bien.
— Mmmm, grommela la femme en s'éloignant, c'est facile à dire…

Une fois la porte refermée, Sara fut tentée de suivre son conseil et de s'abandonner au sommeil. Mais sa journée n'était pas encore finie. Comme presque tous les soirs, elle s'habilla sans bruit, enfila une cape fourrée et se faufila hors des murs rassurants de sa demeure, telle une ombre silencieuse. Elle grimpa les marches du fronton et se blottit contre l'ange protecteur, révélant à la pierre les épreuves qu'elle venait de vivre, avant de rentrer, transie, se glisser sous son édredon.

Les jours, les semaines suivirent. Si Sara s'habituait à la misère, la douleur des patients était difficilement supportable. Anne et les religieuses s'étaient accoutumées à sa présence aussi discrète qu'efficace. Elle apprenait vite. Bientôt, les soins des plaies et bandages n'eurent plus aucun secret pour elle. Elle était active, précise, et de surcroît, toujours souriante et rassurante avec les malades.

Du fond de la salle, Anne de Boehn la surveillait furtivement et se félicitait en silence de ce précieux recrutement. Cette petite était un don du ciel ! Ses compétences dépassaient largement celles d'une aide-soignante. À la surprise générale, et ce, à plusieurs reprises, elle avait su déceler des infections jusque-là passées inaperçues. L'infirmière était intriguée par ses capacités quasi intuitives à comprendre le mal et à y remédier. Elle était persuadée qu'elle pourrait lui confier des tâches plus complexes.

L'occasion se présenta un jour lorsqu'un jeune homme fut déposé au dispensaire. Il venait de se faire broyer la jambe par une charrette et il fallait l'amputer de toute urgence. Le docteur Lindt se tourna vers les premières assistantes à portée de main et Sara se retrouva à essayer de calmer les hurlements désespérés du blessé, tandis que deux nonnes, plus aguerries, s'activaient à maintenir le malheureux. Sara lui fit avaler une potion d'herbes censée l'endormir, dont les effets furent réduits à néant lorsque la scie commença à attaquer l'os. Sara, concentrée à l'extrême, tendait linges et outils au chirurgien afin de lui faciliter la tâche, tout en apaisant le pauvre homme.

Lorsque l'amputation fut enfin effectuée et que le malade reposa sur son lit, inconscient, le praticien s'essuya les mains en observant Sara :

— Merci pour votre aide, jeune fille. Vous êtes dotée d'un sang-froid remarquable, je m'en étais déjà aperçu. Vous semblez frêle, mais vous n'avez pas manqué de courage aujourd'hui. J'ai besoin d'une assistante comme vous. Qu'en pensez-vous ?

Sara crut un bref instant qu'il s'agissait d'une plaisanterie, mais le visage grave et bienveillant du docteur affirmait tout le contraire. Elle inspira profondément :

— Ce serait un grand honneur pour moi, docteur Lindt.

— Parfait ! s'exclama l'homme visiblement ravi. Nous allons former une fine équipe !

Ce soir-là, Sara se précipita au-devant de sa nourrice, un immense sourire aux lèvres :

— Fridzi, j'ai une excellente nouvelle à t'annoncer ! Le docteur m'a proposé de devenir son assistante personnelle, tu te rends compte ?

— Enfin un peu de reconnaissance, ma caille, marmonna la matrone, l'esprit apparemment ailleurs. Rien de moins que ce que tu fais tous les jours pour lui !

Devant la mine attristée de sa protégée, Fridzi s'aperçut aussitôt de sa maladresse.

— Oh, mon petit oiseau des îles, bien sûr que je suis fière de toi ! Tu es d'ailleurs aussi brillante que ce monsieur !

— Tu ne m'as jamais vue à l'œuvre là-bas, comment peux-tu savoir ce que je vaux ?

Fridzi fit volte-face.

— Tu crois que je ne suis pas objective ? C'est possible ma colombe ! C'est justement parce que je t'ai élevée que je connais ta persévérance et ta valeur. Je sais que tu es brillante. Même si je bougonnais chaque soir, j'ai entendu tout ce que tu me racontais, et même ce que tu ne me racontais pas. Ton courage, ta détermination, ton esprit synthétique, ton intuition... Tu as tout ce qu'il faut !

— Sauf que je suis une femme.

— Oui, bien sûr. Et c'est une richesse en plus.

Un fiacre les attendait, le ciel déversant depuis le matin une pluie torrentielle. Une fois à l'abri, Sara se cala contre la vitre, perdue dans ses pensées, revivant les heures écoulées. Au bout d'un moment, sentant le regard appuyé de sa nourrice, elle releva la tête et fut surprise de lire sur le visage dodu un air de suspicion.

— Dis-moi, ma caille, depuis quand as-tu un promis ?

Prise au dépourvu, Sara s'empourpra plus que de raison, offrant la plus limpide des déclarations à son interlocutrice ravie.

— Par tous les saints du paradis, applaudit Fridzi avec enthousiasme, mon petit cygne amoureux !

Puis, se penchant vers la jeune fille affolée :

— Tu as une chance incroyable mon poussin ! Que serait-il arrivé si ta mère avait réceptionné ce courrier à ma place, hein ?

Sur ce, elle fit jaillir théâtralement une enveloppe de sous sa cape et la brandit sous le nez de sa protégée.

— Vois comme elle embaume ! sourit-elle avec malice.

— Fridzi, donne-la-moi ! s'écria Sara, gagnée par l'hilarité de sa nourrice.

— Son nom ? taquina la femme en l'empêchant de s'en emparer.

— Tu le sauras. Plus tard...

Fridzi s'inclina :
— Oh oui, tu me le diras ma colombe.
Sara se concentra sur la lettre, le reste du monde cessant d'exister à l'instant. Elle découvrit son écriture fine et penchée, et les arabesques qu'il avait esquissées pour tracer son prénom. Des effluves boisés avaient envahi l'intérieur du fiacre.
Il lui avait écrit !
Jamais le trajet ne lui parut plus long ni l'escalier aussi interminable. Jamais ses doigts n'avaient autant tremblé que lorsqu'elle ouvrit fébrilement l'enveloppe à l'aide du coupe-papier.
Assise à sa table de travail, le cœur battant, elle parcourut avec émotion les trois feuillets.

Le 7 décembre,

Sara

Deux mois que je suis parti et je n'ai pas trouvé une minute pour souffler avant aujourd'hui. J'espère surtout que ma lettre te parviendra avant Noël. Ton père est un terrible homme d'affaire, tu sais. Il mène ma carrière d'une main de fer, enchaînant concerts, récitals et leçons particulières pour parfaire mon éducation. Je me plie à sa volonté parce qu'il me permet de réaliser mon rêve, mais il n'arrivera jamais à faire de moi un aristocrate ! Je ne renie pas mes modestes origines, ni le sacrifice de mes parents pour m'inscrire aux cours qui ont révélé ma passion.

La route est inconfortable et longue en calèche. Il fait froid, je suis souvent épuisé par le rythme effréné de nos tournées.

Mais je sais aussi que j'ai beaucoup de chance. J'ai déjà donné des concerts à Prague et Berlin, dans des salles prestigieuses. Si je suis tétanisé de voir ces dizaines de regards braqués sur moi, dès que mes mains touchent le clavier, la magie opère, tout s'efface autour de moi, la musique me pénètre et tout ce qui est extérieur cesse d'exister.

À chaque fois, c'est pour toi que je joue. Je ferme les paupières et je revois la fontaine scintillante, ton visage plein de lumière, tes yeux plus profonds qu'un précipice, tes gestes gracieux et élégants. J'entends ton souffle dans mon cou, ta voix cristalline, je sens la chaleur de ta main dans la mienne et je joue, je joue jusqu'à ce que le morceau meure de lui-même et que ton souvenir disparaisse en fumée dans les applaudissements du public.

Il reste encore de nombreux mois avant mon retour, j'espère que tu m'attends comme je t'attends. J'aimerai valser avec toi toute ma vie. Tu es ma muse, tout ce que j'écris porte ton nom...

Je sais que nous sommes encore jeunes, mais lorsque nous serons revenus à Vienne, je demanderai ta main à ton père, si tu le veux bien.

Je confie cette lettre à une diligence en partance pour Vienne. Je serai ainsi près de toi pour Noël. Je t'aime, Sara Von Brunner.

Les larmes avaient coulé malgré elle. Un mélange d'émotions intenses : soulagement, joie, manque, absence... Elle pleura aussi et surtout parce que Noël était passé depuis si longtemps et que le courrier avait tant tardé. Elle pleura de le savoir à la fois si proche et si inaccessible. L'espoir renaissait. Il ne l'avait pas oubliée.

Ainsi, chaque soir, malgré sa fatigue, elle se rendait auprès de l'ange que Lukas avait choisi et elle relisait la lettre en soupirant, prenant garde à ne pas abîmer les feuillets qui devinrent malgré tout, au fil du temps, translucides. Puis elle laissait ses pensées s'envoler.

Les joues rosies par l'émotion, elle rêvait de cet avenir qu'il esquissait. Elle nourrissait son imaginaire des capitales qu'il visitait et resserrait sa cape sur ses jambes frêles, bravant le froid mordant, la peur et la solitude. Pour lui, son regard se portait toujours du côté du soleil levant, espérant voir surgir la calèche de son père.

Mais chaque nuit, le cœur glacé, elle retrouvait son lit.

Et puis un jour, Ellie était entrée dans sa vie.

Lettres à l'absent

Ce soir-là, le printemps s'annonçait d'une douceur exceptionnelle, chargé de promesses. Lukas était déjà parti depuis six mois lorsque Sara écrivit sa première lettre, adossée au socle de l'ange, le regard à la fois grave et lumineux.

Le 10 avril,

Lukas

Ton courrier m'est parvenu il y a un mois seulement... Fridzi m'a dit que j'avais de la chance qu'il ne se soit pas égaré.
Tous les soirs, fidèle à la promesse que je t'ai faite, je viens t'attendre auprès de l'ange de pierre, je guette tes pas, je guette ta voix. Je relis inlassablement ta lettre et m'enivre de tes mots, de tes musiques. À tes côtés, je joue mille morceaux, je pose mes doigts engourdis par le froid à côté

des tiens, je courbe le cou devant la foule, je souris avec émotion en subissant les tonnerres d'applaudissements.
Je t'attends.
Peu après ton départ, j'ai voulu me rendre utile auprès d'une femme admirable et je suis allée travailler dans son hospice, avec la complicité de Fridzi. Ne dis rien à mon père, j'aborderai ce sujet avec lui lorsque vous rentrerez. Je souhaitais aider, mais c'est une vocation que je me suis trouvée, Lukas. Tu te souviens quand tu m'as demandé, le dernier soir, quel était mon don ? Je crois l'avoir enfin découvert : je veux soigner les gens. Je reconnais leurs souffrances, je peux parler à leurs âmes et à leurs maux, je sais le faire, aussi incroyable que cela puisse paraître ! Oh, cela ne veut pas dire que je sauve toutes les vies qui me sont confiées, loin de là ! Il y a tant de misère, Lukas, tant et tant ! Tant de douleurs aussi ! Mais j'arrive à déceler l'origine de leurs maux et je mets tout en œuvre pour les guérir. J'aurais tant aimé être un homme pour être médecin. .
Aujourd'hui je me suis occupée d'une enfant. Cette petite est si frêle que je ne sais même pas si elle va passer la nuit. Elle ne doit pas avoir plus de trois ans, mais elle ne parle pas. On a retrouvé la fillette cramponnée au corps moribond de sa mère. J'ai pris en charge la petite tandis que la pauvre femme rendait l'âme, comme si elle avait bravement attendu ce moment-là pour cesser de lutter. Je me suis d'abord occupé de la fièvre de l'enfant, puis je l'ai lavée et, sous la crasse, j'ai découvert une adorable poupée, avec de grands yeux bleus qui lui mangent la moitié du visage et des longs cheveux fins aussi blonds que les tiens... Épuisée, elle s'est finalement endormie dans mes bras et je suis restée à la contempler, sans bouger, de peur de l'éveiller. Lukas, comme elle te ressemble !
Oh, mon ami, le temps s'étire sans toi.

Je ne sais ni comment ni où envoyer cette lettre, alors je vais la glisser dans mon alcôve secrète et tu la liras lorsque tu reviendras.

Sara releva le visage en ravalant un hoquet de chagrin. Son silence, son absence, tout lui pesait... Elle doutait de tout, de cet amour à peine esquissé, aussitôt envolé. Ne subsistait que le vide au creux de ses bras et cette oppressante sensation d'étouffement. Venir ici ne servait qu'à raviver sa douleur, pourtant elle avait promis de le faire. Lentement, elle soupira, essuya ses larmes et replia la feuille pour la glisser dans la poche de sa robe. Puis elle se leva, regarda la statue, lui envoya un pâle sourire désarmant et rentra chez elle.

Le 17 avril,

Lukas,

La jeune orpheline a survécu, elle fait même plus que ça : elle se remet rapidement. Je l'ai appelée Ellie. Cela fait une semaine qu'elle est parmi nous. Aujourd'hui, elle a réussi à faire quelques pas et comment te dire ? Je ne sais pas qui d'Anne ou de moi était la plus émue. Je crois bien que Fridzi, ma nourrice, est aussi tombée sous le charme de cette enfant. Lorsque je rentre, elle me demande d'un ton à moitié bourru ce que devient la petite.
Tu me manques.

Le 24 avril,

Lukas,

Ellie me suit à présent partout, elle trottine à mes côtés, glissant sa petite main chaude dans la mienne, distribuant des sourires plus lumineux que le soleil à chaque patient. Je tremble pour elle, je crains qu'à force de côtoyer toutes ces misères, elle ne retombe malade, mais elle semble bien plus robuste que je ne le crois. Il faut que je te dise qu'en plus d'avoir charmé tout le dispensaire, Ellie a réussi à totalement séduire Fridzi ! Ma nourrice arrive le soir de plus en plus tôt, les poches pleines à craquer de gâteaux et lorsque la petite grimpe sur ses genoux, elles se mettent à roucouler toutes les deux dans un jargon qu'elles seules comprennent, à grand renfort de grimaces et de moulinets de bras. J'avais peur qu'Ellie ne soit muette, mais à entendre son rire en cascade, je suis rassurée. Il faut juste être patient. J'ai hâte que tu reviennes pour te la présenter. Je t'embrasse.

Le 31 avril,

Lukas

J'ai pratiqué une opération aujourd'hui, épaulée par le docteur Lindt. Comment te décrire ce que j'ai pu ressentir ? Un mélange de peur et d'exaltation, juste avant. Et puis je me suis laissé guider par la voix du chirurgien et j'ai pu réaliser les gestes que je l'ai si souvent vu faire. Je n'ai pas tremblé, pas paniqué, c'était comme si j'avais toujours su... Le jeune garçon, qui souffrait de la vessie, va tout à fait bien. Je suis comblée !

Le premier mot d'Ellie a été « Saa », il y a trois jours. J'en ai pleuré de joie et la pauvre enfant a fondu en larmes avec moi en croyant qu'elle me faisait de la peine. J'ai dû lui expliquer qu'il n'en était rien, qu'au contraire, j'étais émue et heureuse. Cette fillette est merveilleuse. Le midi, lorsque j'arrive après mes leçons, elle m'attend sur les marches et se met à courir vers moi dès qu'elle m'aperçoit. Elle m'accompagne presque partout, sauf dans la salle d'opération, traînant son petit chariot, me tendant la bassine ou du linge propre, devançant presque mes besoins... Elle tient à ce que je la couche avant de partir, même s'il fait encore jour...

Tous les soirs, je viens t'écrire auprès de l'ange. Je suis sûre qu'il veille sur toi. J'espère ton retour proche. Je ne sais pas où tu es. J'imagine que ton succès va croissant...

Le 6 mai,

Mon Lukas

Mère organise les fiançailles de Jana. La maison est une ruche en pleine effervescence où les domestiques s'affairent. Ma sœur joue la princesse, est odieuse avec tout le monde, fait recoudre sa robe de satin dix fois au gré de ses caprices, exige que son fiancé lui offre un somptueux cadeau chaque jour, pour le repousser aussitôt après, si bien que le pauvre ne sait plus à quel saint se vouer. Toute cette agitation me laisse de marbre. Jana est une parfaite manipulatrice et une peste. Dire que pendant un temps, j'ai essayé de lui ressembler ! De jour en jour, un fossé se creuse entre elle et moi. Nous nous regardons à peine. Je suis toujours aussi insignifiante à ses yeux, mais à présent, cela m'est bien égal, car je sais à quoi rime ma vie.

Je redoute le moment où Mère s'apercevra de ma présence, me soupèsera pour me choisir des prétendants... J'ignore de combien de temps je dispose. Je ne sais pas comment lui annoncer que je ne souhaite pas de cette vie-là. Ni comment lui apprendre que mon cœur est pris... Lukas, que deviens-tu ?

Le 13 mai,

Mon Lukas

Je fuis, je fuis la maison, de plus en plus tôt, de plus en plus longtemps. Que Mère ne s'en soit pas encore aperçue tient du miracle. Fridzi me couvrira autant que possible, elle comprend cette envie de liberté qui m'étreint. Je ne suis bien qu'avec ma petite Ellie, et les malades. Je suppose que c'est la même sensation que tu éprouves avec ton piano.

J'apprends toujours. Je suis assoiffée. On m'octroie le droit de donner un diagnostic et il est fiable. On me donne la liberté de soigner et d'opérer. Je suis estimée à l'hospice,

mais cela m'est égal. Je veux juste soigner et guérir le plus possible de monde.
J'aime cette vie que j'ai choisie.
Quand reviens-tu ?

Le vingt mai, Sara ajourna sa visite à l'ange et n'écrivit rien.
Elle resta prostrée dans sa chambre.
Depuis quelque temps, elle trouvait Anne plus soucieuse de jour en jour. Elle avait attribué cette humeur à la fatigue, mais ce soir-là, après avoir couché Ellie, son amie la convoqua dans la pièce qui lui servait de bureau. À la vue du visage défait de celle qu'elle admirait tant, Sara s'alarma aussitôt et s'empara de sa main avec affection :
— Anne ! Que se passe-t-il ? Vous êtes souffrante ? Vous n'êtes pas raisonnable, vous en faites trop !
Le regard de la femme se chargea de davantage de tristesse tandis qu'elle secouait la tête d'un air navré :
— Ma chère enfant, il ne s'agit pas de moi, hélas... Assieds-toi, Sara. Je voudrais te parler de notre petite Ellie.
Le cœur serré par un sombre pressentiment, Sara s'effondra sans un mot sur le banc, attendant la suite avec une angoisse grandissante. Le visage fermé d'Anne n'augurait rien de bon.
— Hélas, depuis quelques jours, ta petite protégée est en proie à une fièvre inexpliquée... Cela survient toujours le soir, après ton départ. À ce moment-là, des taches sombres apparaissent sur son corps, elle délire et rien ne parvient à la calmer. Nous ignorons tout du mal qui la ronge ainsi.
Sara fixait son mentor avec inquiétude, le visage grave, tentant de deviner ce qu'elle ne disait pas. Ellie ! Ellie souffrait d'un mal inconnu et elle ne s'était aperçue de rien ?

— Des taches..., souffla-t-elle en baissant la tête. Mais je n'ai rien vu !
— Au petit matin, elles ont toujours disparu.
Sara secoua la tête, refoulant sa peur :
— Dans ce cas, ce ne peut être grave...
— Tu as probablement raison... N'en parle pas à Fridzi s'il te plaît. Elle ne saurait se montrer discrète et risquerait d'affoler tout le monde. Contentons-nous d'observer.

Sara approuva d'un air hébété. Elle tiendrait Fridzi à l'écart tant qu'elle pourrait, mais cette dernière ne serait certainement pas dupe bien longtemps. Elle se releva lentement. Elle avait un besoin urgent de voir la petite. Tout de suite.

La jeune fille se glissa sans bruit dans le couloir sombre, insensible aux gémissements qui l'emplissait, le regard fixe. Elle ne s'était aperçue de rien. Rien ! Elle venait à peine de quitter l'enfant ! Les taches étaient-elles apparues entre temps ?

Elle se souvint avec terreur des premières paroles d'Anne lorsqu'elle avait commencé à travailler.

« Ici, les gens souffrent et meurent, mon enfant. Il y a trop de maladies contagieuses, ils sont trop faibles, trop entassés et nous sommes trop peu nombreux. Les premiers à partir sont les plus jeunes, les plus fragiles. Dans la mesure du possible, ne t'attache pas à eux. Contente-toi de nous aider à en sauver quelques-uns... Ce sera déjà une grande victoire. »

Elle savait. Personne n'avait réussi à sauver son propre petit frère emporté par la typhoïde dix ans plus tôt. Alors elle avait religieusement suivi le conseil d'Anne. Des enfants, elle en avait vu disparaître et elle s'était résignée... Mais pas Ellie ! Ellie, elle l'aimait. Elle avait vécu au rythme de son souffle court, épongé avec patience son front brûlant, soigné et porté son corps maigrelet pendant des jours entiers. Elle l'avait sauvée du mal qui avait emporté sa mère, ce n'était pas pour la laisser repartir ! Ellie faisait partie de sa vie.

Elle s'approcha de l'enfant roulé en boule qui grelottait de froid. Seigneur ! Sara recula, horrifiée. Son visage était creusé de profonds cernes violacés. Elle gardait ses bras minces serrés contre son corps frêle. Sara s'apprêtait à la recouvrir de son manteau lorsqu'une main apaisante l'en dissuada.

— Je m'en occupe cette nuit, Sara, promis. Va rejoindre les tiens. Demain, nous aviserons.

Sara avait plongé ses immenses yeux de mer dans ceux de la femme qui lui avait appris la générosité et le dévouement avant de rétorquer gravement :

— C'est elle ma famille.

— Je sais. Mais rentre quand même. Tant que ta mère n'est pas au courant que tu viens ici, tu ne peux rester.

— Elle ne s'en apercevra même pas, déclara la jeune aristocrate blasée. D'ailleurs, je lui parlerai demain.

Sara avait posé sa main sur le front glacé de la fillette et avait frémi : pour la première fois, elle ne percevait rien ! L'origine du mal lui était inconnue ! Elle était restée un long moment à contempler l'enfant, les poings serrés, fixant les marques sombres qui striaient la peau diaphane.

— Quelqu'un présente les mêmes symptômes ? s'enquit-elle avec inquiétude.

— Personne, Sara.

— Mais il y a forcément une explication ! s'insurgea la jeune fille.

— Nous n'avons pas trouvé…

— Je trouverai ce dont elle souffre, je trouverai ! lança-t-elle avec hargne, avant de déposer un léger baiser sur la joue de la petite.

Puis elle s'évapora dans la nuit, ombre douloureuse et tourmentée. Elle ne vit pas Anne recouvrir la malade de sa cape, pas plus qu'elle ne l'entendit murmurer :
— Puisses-tu en avoir le temps, ma chère Sara...
Plantée devant la fenêtre, le front collé à la vitre, noyée dans un rayon de lune, Sara réfléchissait, tentant de ne pas céder à la panique. Elle avait répertorié tous les syndromes qu'elle avait eu l'occasion de soigner, toutes les affections habituelles et il fallait bien se rendre à l'évidence : celle-là lui était inconnue. Pire : elle ne savait comment guérir Ellie. Pour la première fois, le mal lui échappait et elle n'en voyait pas l'origine. Harassée par ses recherches, elle finit par s'écrouler.
L'étrange maladie contamina peu à peu le corps fragile. Ellie souffrait le martyre, tendant vers elle ses bras à la peau asséchée, la suppliant de la délivrer de cette douleur intolérable. Sara passait ses jours et ses nuits à chercher un remède. Mais elle n'eut pas le temps de le trouver. Une nuit, les yeux creux d'Ellie se fermèrent pour toujours.

Sara hurla de terreur et se redressa, le visage baigné de larmes, hantée par l'épouvantable cauchemar qu'elle venait de faire. Comment avait-elle pu laisser le sommeil la gagner ? Elle refusait ce funeste présage, elle sauverait la fillette ! Elle trouverait !
Au petit matin, Fridzi l'avait découverte écroulée au milieu d'un tas de livres et de feuilles chiffonnées. Elle avait froncé les sourcils en contemplant la jeune fille aux traits tirés, puis avait claqué la langue en signe de contrariété :
— Mais qu'est-ce qu'il me fait, mon petit oiseau des îles ?
Sans le moindre effort, elle avait porté Sara jusqu'au lit, l'avait bordée avec une tendresse infinie et caressé le doux visage.
— Qu'est-ce que tu complotes, ma jolie ?

Elle avait jeté un regard assassin vers les papiers épars, partagée entre le besoin de les piétiner et celui de les parcourir. Le bon sens l'emportant, elle ramassa le tout, le fourra dans sa poche et ressortit, plus soucieuse que jamais. Elle ne résista pas longtemps. Une fois les marmitons à l'œuvre, elle s'enferma dans sa chambre et lut les feuilles avec avidité. Elle devait absolument savoir ce qui arrivait à son moineau.

Allons bon ! Elle n'y comprenait rien. Pourquoi tant de notes ? Des descriptions interminables de maladies, des symptômes à lever le cœur, des schémas couverts d'annotations... Cela devenait incohérent. Il fallait qu'elle en touche deux mots à Anne de Boehn !

Sara dormit peu et malgré les protestations de sa nourrice, s'empressa de se rendre à l'hôpital. Elle y trouva la petite Ellie tellement en forme qu'elle se demanda si toute cette histoire n'était pas un mauvais rêve. Elle finit par s'en persuader jusqu'au soir. Prétextant un oubli de châle, elle renvoya Fridzi et resta auprès de l'enfant en observant avec anxiété le ciel qui s'assombrissait. Tandis que les dernières ombres du jour rampaient vers le lit de la petite, Sara se mit à scruter avec angoisse le visage paisiblement endormi. Lorsque la pénombre eut recouvert la salle de son lourd manteau opaque, la jeune fille alluma prestement une bougie. Les traits de la fillette étaient aussi sereins qu'auparavant. Sara soupira. Ils avaient rêvé !

Mais alors qu'elle s'apprêtait à se lever, elle l'aperçut. Une minuscule fissure violacée qui prenait naissance à la racine des cheveux, au niveau de la tempe. Elle se pencha, espérant se tromper... Non. Hélas. La marque se ramifia lentement sur le front de l'enfant, s'étendant aux yeux, aux joues, poursuivant sa route jusqu'au cou d'Ellie. Sara se sentait oppressée. Un instant, elle fut tentée d'utiliser un scalpel pour découvrir ce qui se glissait si insidieusement sous la peau de sa protégée. Quelle odieuse maladie pouvait parcourir le corps de la sorte ? La petite Ellie se mit à respirer difficilement. Des gouttelettes de transpiration apparurent sur son visage. Elle se crispa puis sombra bientôt dans l'inconscience, comme si la douleur devenait insupportable.

Sara la contemplait avec consternation, impuissante. Toute la nuit, elle observa l'évolution du mal, redoutant par-dessus tout que son cauchemar ne surgisse. Mais le réseau veiné d'encre ne s'étendit pas davantage. Elle estima que c'était une bonne chose. Toute la nuit, elle épongea le front brûlant de la petite, se demandant comment elle pourrait bien soigner cet empoisonnement du sang. Car il ne pouvait s'agir que de cela. Les plantes pourraient peut-être l'aider ? Elle irait consulter la bibliothèque de son père dès qu'elle rentrerait chez elle.

Aux premières lueurs du jour, la maladie se rétracta et Ellie s'éveilla, ravie de trouver sa protectrice à son chevet. Sara parvint à se ressaisir tant bien que mal et à esquisser un sourire rassurant.

Fridzi ne fut pas aussi compréhensive, loin de là.

La nourrice entra dans une colère effroyable en s'apercevant que son rossignol avait déserté le nid durant toute une nuit. On pouvait entendre ses vociférations depuis l'autre bout de la rue. Alertée par les bordées d'insultes qui annonçaient la maîtresse femme aussi sûrement qu'un grondement de tonnerre, Anne songea un instant à se barricader dans son bureau, avant de se résoudre à abandonner l'idée : de toute façon, aucune porte ne résisterait à une telle fureur. Malgré son aplomb, Anne ne put empêcher un mouvement de recul en apercevant la nourrice écarlate et échevelée, les yeux exorbités, jurant comme un charretier. Cette dernière pointa un doigt menaçant vers Anne en

l'envoyant au diable, exigeant que son pauvre oiseau des îles regagne la maison derechef.
Anne poussa un profond soupir résigné, avant de refermer calmement la porte.
— Asseyez-vous, Fridzi.
La nourrice venait à peine de reprendre son souffle, mais elle ouvrit une bouche grande comme un four, prête à en découdre.
— Bien, maintenant, vous allez vous taire et m'écouter, trancha Anne d'un ton sec et autoritaire.
— Et de quel droit ? vociféra son imposante interlocutrice, stupéfaite.
— Parce qu'ici, c'est moi qui commande ! Moi et la maladie. D'accord ?
Les traits de Fridzi se crispèrent. Ses yeux étrécis scrutèrent attentivement le visage de la directrice qui se prêta sans ciller à cet examen pourtant pénible.
Le silence s'installa, presque incongru après tant de tapage. À deux mètres l'une de l'autre, les deux femmes figées semblaient livrer une bataille intérieure avec pour toute arme leurs regards assassins. Au bout d'interminables minutes, les épaules de Fridzi se relâchèrent.
Anne l'invita finalement à la suivre jusqu'au cloître où un banc de pierre lui parut plus propice à accueillir les terribles révélations qu'elle s'apprêtait à lui faire. En l'écoutant, Fridzi resta de marbre, vide de toute expression. Parfois, un subit tressautement de paupières indiquait une vague réaction. Quand sa compagne eut fini de parler, Fridzi pressa brièvement le bras anguleux, puis elle s'éloigna d'un pas lourd sans proférer la moindre parole.
Anne les laissa se promener, toutes les trois, la matrone et la jeune aristocrate entourant l'enfant condamnée, la petite sautillant, se balançant, pendue à leurs mains, les deux autres

riant de ses cabrioles, donnant admirablement le change, une sombre lueur, totalement étrangère à la gaieté, au fond de leurs yeux humides.

Les nuits qui suivirent, Sara les passa au chevet de l'enfant. Avec désespoir, heure après heure, elle vit le mal ronger la fillette, progresser, toujours plus loin, vers les bras, le ventre, le cœur. Si les journées semblèrent au départ donner l'illusion d'une rémission, Ellie s'affaiblissait malgré tout, comme dévorée de l'intérieur par ce mal inconnu, sans jamais, toutefois, se départir de cette joie de vivre.

Aucune plante ne parvint à soulager la petite condamnée qui s'enfonçait chaque nuit plus profondément dans le néant.

Alors Sara sut que son rêve était prémonitoire. Ellie allait mourir. La maladie était trop forte, et elle trop faible.

Le vingt-sept mai, elle retourna se blottir aux pieds de l'ange et écrivit sa septième lettre sans réussir à retenir ses larmes.

Lukas,

Ellie est en train de mourir, sans que je puisse rien y faire. Je n'ai pas su la soigner ni encore moins la sauver. Je ne sers à rien. Elle va partir cette nuit, je le sens, emportée par cette maladie inconnue.

Je suis au-delà de la douleur.

Je donnerais ma vie pour elle, pour disparaître à sa place. C'est une misère de voir son petit corps puiser dans ses dernières réserves, sa poitrine se creuser à chaque respiration.

J'ai mal, Lukas, comme jamais je n'ai eu mal auparavant.
Oh Dieu, entends-moi, sauve-là !

Elle hoqueta un long moment, effondrée aux pieds de l'ange. Puis, honteuse de sa lâcheté, consciente qu'elle perdait ainsi un temps précieux, elle se hâta de rejoindre l'enfant pour son ultime combat.

Elle s'enferma avec la fillette dans la chapelle humide, après l'avoir enveloppée dans une épaisse couverture. L'enfant ne pesait plus rien. Sara passa la nuit à caresser les fins cheveux blonds, trempés de sueur.

La petite Ellie ne reprit jamais connaissance.

Les heures s'écoulèrent.

Au cœur de la nuit, le visage de la petite se colora de cendre, ses yeux se creusèrent d'ombre et l'agonie commença. Sara tomba à genoux, les mains suppliantes, le regard rivé sur le crucifix, les lèvres psalmodiant des prières auxquelles elle n'avait jamais eu recours, peut-être même jamais cru... Pourtant, ce dernier soir de la vie d'Ellie, elle pria avec ferveur, inondée de larmes, un abîme à la place du cœur. Plus rien d'autre n'existait que ce film ténu reliant leurs deux âmes au-dessus de leur chair, dans une souffrance partagée.

— Sauve-la, sauve-la, sauve-la..., murmurait Sara. Donne-moi sa douleur, sauve-la, je t'en supplie, gémissait la jeune fille du fond de son désespoir.

Elle finit par s'effondrer en travers de la fillette et c'est ainsi que Fridzi la retrouva, inanimée, étroitement serrée contre sa protégée. La nourrice avait vu bien des misères dans sa longue vie, mais une pitié pareille, jamais. Une souffrance atroce lui déchira les entrailles. Elle ne put retenir ses sanglots en séparant les deux petites. Elle emporta sa jeune maîtresse, celle qu'elle avait vue naître et abandonna entre les mains de la mort celle qu'elle avait aimée comme son enfant.

Assister à son agonie était au-dessus de ses forces.

Quelque part

Je ne comprends vraiment pas comment j'ai pu atterrir là. Mes pieds nus s'enfoncent dans le sable frais.
Il n'y a pas un chat, à des kilomètres à la ronde.
Rien que le silence.
Il ne fait ni chaud ni froid.
Je sais que je suis mort, parce que je ne ressens rien, mais je me faisais une autre idée du paradis. J'éprouve un sentiment d'angoisse lorsque le souvenir de mes derniers instants refait surface ou que j'essaie d'imaginer la douleur de ceux que j'ai dû laisser, puis tout disparaît. Il n'y a que cette immense plage de sable.
Si j'avais une âme de poète, je pourrais trouver la nuit lumineuse, baignée par cette douce lune laiteuse. Mais je m'en fiche un peu, en fait, j'aimerai juste rentrer chez moi. Je remarque quand même que mes pas s'effacent au fur et à mesure que j'avance, comme si je n'existais plus. Un peu flippant. Je grimpe au sommet de la première dune venue et contemple l'étendue. Mince ! À perte de vue, l'infini.
C'est pas une plage.
C'est un désert.
Je descends lentement la colline, enfonçant mes orteils dans la dune, comme pour m'ancrer dans la réalité. Je marche dans un silence profond. Je n'entends que les grains de sable

qui roulent sous mes pieds et dévalent la dune. C'est fou quand même que je perçoive ça, quand on y pense : un truc si petit, ça n'a aucune consistance, ça n'existe pas, ce n'est qu'une partie d'un tout. Et bien moi, je suis conscient de cet infime échantillon. Et je ressens chaque grain de sable sous ma peau, parce qu'ils sont tous différents.

Je pile net.

Hein ? C'est quoi ce délire ? Sans blague, c'est moi qui ai débité ça ?

Je lève les yeux vers le ciel. Pas un souffle de vent, pas un nuage. Juste la nuit bleue et sa lune ronde. Je marche droit devant moi. L'avantage d'être mort, c'est qu'on ne fatigue pas et qu'on peut finalement se payer le luxe d'être patient. N'empêche, je me demande bien où cela me mène.

Je continue. Le temps ne passe pas, le paysage ne varie pas d'un iota, comme dirait mon prof de français.

Alors, je suis où ?

Ca sert à quoi tout ça, on peut m'éclairer ?

J'ai envie de me rouler en boule comme les chats, tiens. C'est peut-être ce que j'ai de mieux à faire.

Réminiscence

Fridzi venait de coucher Sara après lui avoir fait avaler un breuvage qu'elle tenait de sa grand-mère, remède capable d'envoyer un régiment entre les bras de Morphée. Puis elle s'était assise à ses côtés et l'avait regardée dormir toute la nuit. Ses pensées ne cessaient d'osciller entre les deux protégées que la vie avait placées sur sa route et elle ne se pardonnait pas d'avoir abandonné la plus jeune. Enfouissant son visage entre ses mains, elle laissa bientôt éclater les sanglots trop longtemps retenus.

Elle sursauta en percevant le premier chant de l'aube par la fenêtre entrouverte et se redressa vivement, l'esprit encore embrumé par son bref assoupissement. Aussitôt, la douleur revint, insoutenable.

Elle devait aller dire adieu à Ellie.

Il lui semblait avoir vieilli de mille ans en quelques heures. Elle contempla sa jeune maîtresse droguée et s'éloigna sans un mot, brisée.

Le trajet jusqu'à l'hospice lui parut interminable. Pour la première fois de sa vie, sa lourde silhouette lui pesait et elle laissait le silence diriger ses pas. Cent mètres. Son cœur se serra douloureusement. Oppressée, elle s'arrêta, avant de repartir. À cinquante mètres, les tremblements commencèrent. Elle se fit violence pour franchir la porte de l'établissement.

Au bord du malaise, elle s'adossa au mur, le souffle court. Elle ferma les yeux, sentant les larmes s'échapper comme un ruisseau. Sa douce Ellie, Seigneur Dieu tout puissant ! Juste au moment où elle avait décidé d'adopter cette enfant, pour avoir le privilège de tenir sa petite main chaude au creux de la sienne, afin de lui offrir tout ce qu'une vie de misère avait pu lui voler. Elle voulait envelopper le cœur de la petite dans un écrin de soie et la dorloter jusqu'à la fin de ses jours... Elle n'avait parlé à personne de ce projet insensé, même pas à Sara. Et à présent, il était anéanti. On le lui avait ôté.

Elle entendit le pas de la directrice bien avant de la voir et croisa les bras sur sa poitrine en retenant un gémissement.

Ellie... Ellie... Ellie... Garder son souvenir au chaud, contre elle, encore un peu, quelques secondes, juste avant que son dernier espoir ne s'effondre...

Ce ne fut que lorsqu'elle sentit la présence d'Anne auprès d'elle qu'elle ouvrit les paupières. Elle recula instinctivement, comme on le fait toujours devant le malheur.

Le visage de Mme de Boehn était ravagé par les larmes. Un étrange sourire flottait sur ses lèvres. Dieu ! Pitié !

— Anne, Anne…, gémit Fridzi.

— La petite, hoqueta son interlocutrice, les mots se bousculant dans sa gorge, elle n'est pas morte, Fridzi... Elle va mieux !

La matrone se figea. Elle avait dû mal comprendre, entendre ce qu'elle n'osait espérer… L'air lui manqua soudain. Elle s'agrippa au mur, la main sur le cœur.

— Quoi ? murmura-t-elle

— Je ne sais pas ce qui s'est passé, balbutia Anne, le regard vide. Dès que vous avez emporté Sara, je me suis installée au chevet de la petite. Elle ne respirait presque plus. Ses râles devenaient plus faibles, sa peau plus terreuse…

— De grâce…, gémit Fridzi en pleurant.

— Pardonnez-moi, je suis exténuée, avoua la femme en se ressaisissant. Alors que je croyais recueillir son dernier souffle, j'ai vu les taches sombres de la maladie se rétracter rapidement.

— Comme à chaque matin, Anne...

— Mais non, pas du tout ! Les marques se sont effacées en plein cœur de la nuit, bien avant l'aube ! Pour la première fois !

Fridzi se ferma. Cela n'avait pas de sens. L'optimisme d'Anne était déplacé. Ce n'était qu'une question d'heures, avant que la toile mortelle ne réapparaisse. Elle tourna la tête vers la chapelle, vers cet espoir insensé. N'y tenant plus, elle repoussa la femme qui la soutenait et franchit le porche en se tordant les mains.

Ellie était assise, occupée à peigner ses longs cheveux emmêlés, aussi rose et fraîche qu'une fleur. Fridzi gémit avant de se précipiter vers elle. Elle la souleva du lit, la palpa, la couvrit de baisers, de caresses, riant et pleurant à la fois, sans se préoccuper des protestations de la petite qui se tortillait comme un ver pour échapper aux bras qui l'enserraient trop fort. Quand elle parvint à la relâcher, elle s'affaissa lourdement sur le pavé, ses robes s'étalant autour d'elle. Un instant déconcertée, l'orpheline se jeta contre elle.

— Frizi, gazouilla l'enfant en emprisonnant entre ses mains le visage défait de la nourrice. Pleure pas, Frizi, pleure pas. Ellie t'aime.

Des pas précipités leur firent relever la tête. Sara s'appuyait au chambranle de la porte, Sara, encore plus pâle que le châle qu'elle avait jeté sur ses frêles épaules...

La nourrice trouva la force de tendre les bras vers elle.

C'est ainsi qu'Anne les découvrit toutes les trois étroitement enlacées sur le pavé glacé, le soleil illuminant cet émouvant tableau à travers les vitraux colorés de la chapelle.

Les nuits qui suivirent, jusqu'à l'aube, trois fées attentives se penchèrent sur le visage paisiblement endormi, guettant sur sa peau la présence de la sinistre maladie. Ellie reposait fraîche et rose, le souffle régulier.

Au bout de quinze jours, les fées se mirent à espérer. Au bout d'un mois, leur soulagement était infini : l'enfant était bel et bien guérie. C'était un miracle.

Rencontres du troisième type

Je sais pas pourquoi j'ai pensé à ce titre-là. C'est complètement crétin, parce que le mec que j'aperçois plus loin n'a rien à voir avec un extraterrestre. Et en plus c'est le premier que je rencontre.
    Finalement, au lieu de dormir, j'ai continué. Dans le genre du type têtu qui veut découvrir le bout du désert.
    Loupé.
    Par contre, j'ai remarqué un muret. Un muret, au beau milieu du désert, cherchez pas. Il y a un mec assis dessus et j'arrive pas à définir pourquoi je le trouve bizarre. Je ne le vois que de dos, d'ailleurs, mais je suis incapable de décrire ce qu'il porte comme vêtement. Il paraît aussi figé qu'une carte postale. Je fourre mes mains dans les poches, pour résister à l'envie de le secouer comme un prunier. Juste histoire de vérifier s'il est bien en chair et en os.
    Je m'approche, mine de rien :
    — Salut.
    Je suis passé maître dans l'art d'aborder les gens. Sans quitter l'horizon du regard, l'homme sourit comme un benêt et tapote très lentement la pierre à ses côtés. Rebelle, je décide de rester fièrement debout.
    — Tu ne verras rien si tu ne t'assois pas, me glisse l'inconnu doucement.

Voir quoi ? Une nouvelle perspective de dune, peut-être ? Je croise les bras et continue de faire ma tête de mule.

— À ta guise, admet le mec en se levant. Je reviendrai quand tu seras prêt.

Ah non !

Ça fait une éternité que j'erre ici tout seul, je ne vais pas le laisser se barrer comme ça ! Réflexion faite, je ravale ma dignité mal placée et je m'installe à ses côtés.

Et là, le méga choc.

Les âmes éphémères

Ce que cet homme tient entre les mains, c'est un truc de dingue ! Il a beau me parler, je n'entends rien, je ne vois rien d'autre que ce qu'il vient de poser sur ses genoux. Ca a l'air d'un livre, mais devant moi les lignes tanguent, basculent, se dissolvent, dégoulinent et les images affleurent, puissantes, d'une netteté époustouflante. Je suis capable de voir et de lire le récit en même temps. Je peux même ressentir les émotions, sentir les odeurs. Je peux observer les grains de sable qui s'écoulent un à un de la page comme autant d'étoiles pourpres.

Je connais bien cette histoire.

C'est la mienne, celle de ma vie.

Elle s'enfuit sous mes yeux et j'assiste hébété, à ces moments que j'avais presque oubliés. Je voudrais essayer de retenir ce qui s'écoule, mon essence, essayer de retarder, d'empêcher l'instant fatidique où le camion a surgi... Mais je n'ai aucun pouvoir.

Le sablier ne peut être retourné.

Il n'y a pas de deuxième chance.

Lorsque le livre se referme doucement, je reprends conscience. Le type vient de me parler, mais je ne sais pas du tout ce qu'il a pu me dire. Je suis sous le choc.

Patiemment, il répète :
— Bonjour Lelahel.
Je regarde autour de moi. Nous sommes seuls. Je fais la grimace, craignant de comprendre.
— Qui est Lelahel ?
— Toi.
— Moi ?
— Ton nouveau nom.
J'y crois pas ! Alors, même dans l'au-delà, on va m'affubler d'un prénom à la noix ? Je fronce les sourcils, puis finis par hausser les épaules, résigné. Quelle importance après tout ? Je tends le doigt vers l'étrange objet :
— Qu'est-ce que c'est ?
— Le Livre des sables.
— Comment ça marche ?
L'homme sourit gentiment avant de répondre :
— À toi de le découvrir.
— À quoi ça sert alors ?
Il me le tend.
— Qu'as-tu vu ?
Je scrute attentivement le livre, le tournant et le retournant entre mes mains pendant peut-être une éternité. Impossible à décrire. Pourtant, j'essaie.
— J'ai vu le temps qui s'écoulait à travers les pages, les grains de sable qui glissaient irrémédiablement vers le bas, vers le vide, qui mouraient, chacun leur tour et disparaissaient dans l'ombre... Ils ne sont pas remplacés. Jamais. Au début de chaque feuille, il y en a des milliers, comme cristallisés. Ils sont puissants, solidaires, presque invincibles. Mais inévitablement, ils s'écoulent. Ce n'est qu'une fois leur message délivré, qu'ils s'effacent, sans regret, avec le sentiment d'une mission accomplie. J'ai vu, dès le départ, que le compte à rebours a commencé, sans qu'on en sache rien,

sans deviner qu'il faut aimer, profiter, goûter chaque infime grain qui nous a été donné en cadeau, parce qu'il ne reviendra pas. Et lorsque l'histoire s'achève, lorsqu'il n'en reste plus qu'un et qu'il disparaît à son tour, il est temps de partir. La vie n'est plus. Selon l'usage qu'on en a fait, le sablier est vide ou il est plein. Les grains, eux, n'y sont pour rien. Ils ont juste apporté leur contribution.

Soudain, je m'arrête de parler.

— Merde ! Ça recommence ! C'est flippant ! On dirait un vieux philosophe !

Affolé, je regarde mon interlocuteur.

Il hoche la tête d'un air entendu, un fugace éclair de fierté illuminant ses yeux sombres. Je me sens nauséeux, pas vraiment certain d'avoir compris la moitié des âneries que je viens de débiter. Je fixe ce que je tiens entre mes mains avec stupeur. Il a changé d'aspect ! Le vélin s'est tanné et il garde l'empreinte de mes doigts. Je ne parviens pas à l'ouvrir. Je fronce les sourcils.

— Pourquoi ?

Tant d'interrogations derrière ce simple mot. Pourquoi mon histoire, pourquoi ce livre qui n'en est pas un, pourquoi s'est-il refermé ?

— Tu seras bientôt prêt, Lelahel. Ne t'inquiète pas. Viens.

Oh, je ne suis pas inquiet. Que peut-il m'arriver de pire puisque je suis déjà mort ? Mon bouquin sous le bras, j'emboîte pensivement le pas de l'homme. Le paysage uniforme ne retient pas mon attention. J'essaie juste de comprendre pourquoi des grains de sable se mettent à me parler maintenant.

Une ombre me fait relever la tête, me forçant à émerger de mes réflexions. Un palmier gigantesque est planté devant une maison aux murs arrondis, sans fenêtres ni portes, dont le

blanc éclatant tranche avec la couleur indéfinie du ciel. Exotique à souhait…
— Voici ta demeure, sourit l'homme. Repose-toi, je reviendrai vite.
— Me reposer ? Pour quoi faire, monsieur… ?
— On me nomme Achaiah.
Je grommelle, mais le laisse s'évaporer sans rien tenter. Achaiah…
Je sais qu'il reviendra, c'est évident.
En attendant, il faut que je découvre le mécanisme de ce truc bizarre. Je le soupèse, le manipule dans tous les sens, à l'affût d'un bouton, d'une lumière, d'un engrenage, quelque chose comme ça, quoi ! Mais il est aussi lisse que la surface d'un frigo. Ça me tape vraiment sur les nerfs !
Finalement, je l'abandonne sous le palmier. De toute façon, personne ne risque de me le faucher. Je pars à la découverte de ma nouvelle demeure. Devant moi, une porte s'entrouvre, surgie d'on ne sait où. J'entre dans une pièce spacieuse meublée de manière spartiate : une table, quatre chaises, un lit. Le tout d'un blanc éblouissant.
— Y'a quelqu'un ? Je hasarde sans trop de conviction, en plissant les yeux.
En guise de réponse, un couloir se dessine devant moi. Ok, j'ai compris le message. Soulevé par un flux plus lumineux qu'une aurore boréale, je suis transporté dans une salle tapissée de mille coussins de satin. Il y en a partout, de toutes tailles et de toutes couleurs, tous scintillants. Je m'apprête à plonger dans cet océan de douceur quand le décor bascule à nouveau.
Me voici dans une cathédrale gothique aux vitraux sombres et inquiétants. J'avance au milieu d'une rangée de sculptures acérées aux yeux rouges qui me scrutent. Je réprime un frisson en me demandant quel sera le prochain voyage.

La maison me fait découvrir tour à tour un univers d'acier, une cabane de bois blond, un coin de forêt, une plage bercée par les vagues...

Au bout d'un moment, je me lasse de ce petit jeu pourtant fascinant. Je ferme les yeux. Je me sens presque nauséeux. Je me retrouve appuyé contre le palmier, le Livre des sables à la main. Je ne cherche pas à comprendre. Lorsque je rentre à nouveau dans la maison, c'est la pièce aux coussins de satin qui s'ouvre devant moi, exactement comme je m'y attendais. Parce que c'est encore là que je me sens le mieux...

Et là, enfin, je m'endors.

L'imperceptible

Ce matin-là, Sara se réveilla d'humeur maussade. Sa nuit avait été peuplée de mauvais rêves, tous plus effrayants les uns que les autres : Fridzi, la bouche grande ouverte, avalant des serpents immondes, Lukas, le visage en sang, étendu dans un fossé boueux, tendant une main désespérée vers elle, Anne s'enfonçant dans une obscurité poisseuse et hurlante.

La jeune fille tenta de masquer sa contrariété en brossant vigoureusement ses cheveux, puis entreprit la confection d'un savant chignon qui dégageait sa nuque de manière harmonieuse. Elle s'attarda à contempler son reflet dans le miroir. Elle se trouva amaigrie et cernée. Seigneur ! Si Lukas revenait aujourd'hui, il la reconnaîtrait à peine ! Pour se rassurer, elle sortit son unique lettre de sa poche et caressa chaque mot esquissé. Lukas... Cela faisait à présent neuf mois qu'il était parti.

À proximité de la cuisine, les vociférations de Fridzi lui parvinrent. Pour une fois préoccupée par son teint qu'elle trouvait blafard, Sara s'appliqua à manger presque la moitié de ce que sa nourrice lui avait préparé en roucoulant. Cette dernière semblait d'une humeur charmante, et pour cause : elle avait obtenu la permission d'adopter la jeune Ellie, la semaine passée !

Si la confrontation avec la mère de Sara avait été assez brève, Fridzi avait dû prendre sur elle pour ne pas exploser. L'aristocrate avait levé les yeux au plafond d'un air las.

— Mais qu'est-ce que tu veux que cela me fasse, ma pauvre Fridzi ? Je m'en moque de cette petite ! Tant qu'elle ne vient pas me hurler aux oreilles, tu peux bien adopter qui tu veux !

Depuis lors, Fridzi dansait, Fridzi roucoulait et entonnait de sa voix de baryton des mélopées sans queue ni tête pour ses deux oiseaux de paradis. Elle était d'ailleurs en train d'aménager un nid douillet pour la plus jeune, tout près de sa chambre.

La vie était merveilleuse !

Profitant d'un moment d'inattention de sa nourrice, Sara s'apprêtait à s'éclipser lorsque les petites mains collantes d'Ellie s'agrippèrent à son bras, réclamant un câlin. La matrone n'en perdit pas une miette, s'extasiant devant ce touchant tableau :

— Mes douces colombes... Comme vous êtes gracieuses ! Sara, quelle jolie coiffure tu as réussie là... Oh Ellie, mon poussin, tu as mis une tâche de confiture dans le cou de Sara ! Viens là que je nettoie tes jolies menottes !

Le long du trajet qui la menait à l'hôpital, la jeune fille laissa vagabonder ses pensées. Son esprit s'attarda quelques secondes sur le bonheur tout frais et sans limites des deux êtres qu'elle venait de quitter. Maintenant qu'elle savait Ellie en sécurité, loin de tout danger, elle allait pouvoir se consacrer à ses patients. Elle avait plus que jamais besoin de donner un sens à sa vie.

Le docteur Lindt était si satisfait d'elle qu'il lui confiait des cas de plus en plus difficiles. Elle étudiait les livres qu'il lui prêtait, jusque tard dans la nuit, puis avant qu'elle ne rentre, ils échangeaient leurs opinions. Un soir, Anne et lui l'avaient retenue et le praticien s'était raclé la gorge avant de prendre la parole.

— Sara, tu es capable d'aller très loin. Tu es brillante, déterminée, tu apprends vite et tu sens les choses encore mieux que moi. La médecine a besoin de toi. Le monde change.

Elle était restée stupéfaite.

Il l'avait regardée avec sérieux.

— J'ai entendu parler d'une femme, Dorothéa Enxleben, qui a étudié à l'université et été diplômée en 1754... J'aimerai que tu suives sa voie.

Anne avait eu un doux sourire confiant.

— Tu seras la deuxième.

Ce soir-là, Sara s'était empressée de rejoindre l'ange pour écrire une courte missive au jeune prodige.

Mon Lukas,

Crois-tu cela possible ? Réellement ? Crois-tu que je puisse devenir médecin ? Le docteur Lindt et Anne ont l'air de le penser ! Seigneur ! Rien ne me ferait plus plaisir, à part ton retour !

J'aime l'idée, je la caresse, j'en rêve tant que je me sens incapable de me concentrer sur autre chose.

C'est décidé : j'irai à l'université, même si pour cela, ma famille me renie. Je n'ai que faire d'eux. J'ai ma mission à accomplir et elle est noble et juste : sauver des vies !

J'en veux à mon père de te tenir éloigné aussi longtemps. Je n'ai pas rompu ma promesse : je viens tous les soirs. Mais les lettres pèsent lourd sur mon cœur et dans mes mains.

Tu me manques...

À demain, mon Lukas.

Les semaines qui suivirent, Sara redoubla d'ardeur au travail, enchaînant les soins avec efficacité, passant la moitié de ses nuits à étudier, se contentant de grappiller quelques heures de sommeil. Lindt avait envoyé une demande à l'université. Elle se sentait pousser des ailes.

Fridzi la contemplait, pour une fois, sans mot dire. Elle ne savait qu'en penser. Sara lui échappait…
Même si elle était fière d'assister à l'éclosion d'un magnifique papillon plein d'assurance et de connaissances, elle avait du mal à retrouver son frêle oiseau des îles dans cette jeune fille déterminée. L'affrontement avec sa mère avait été mémorable. Sara avait fait part à Helena de sa décision sans ciller, sans même se préoccuper de la réaction de l'aristocrate qui avait pâli à cette nouvelle.
Sara était déjà dans un autre monde.

Parfois, la nuit, alors qu'elle était sûre que la jeune fille s'était endormie, Fridzi se glissait dans sa chambre, installait une chaise près du lit et la contemplait avec tendresse. Souvent, elle caressait la joue duveteuse et les longs cheveux soyeux. Et soupirait.
C'est ainsi qu'un soir, en dégageant la nuque de Sara, elle se figea.
— Mon Dieu, non ! gémit-elle, en posant une main tremblante sur sa bouche pour s'empêcher de hurler.
Elle resta là, glacée, silencieuse, le visage baigné de larmes, jusqu'au petit matin.

Les Autres

Je me réveille, la tête en vrac, et je m'étire.
Quelque chose a changé. Je sens pour la première fois que je ne suis pas seul. Pourtant aucun brouhaha ne trouble le silence quasi monacal des lieux, c'est seulement une impression.
Je risque un œil par la fenêtre. Je ne me suis pas trompé. En effet, il y a du nouveau ici, dans ce petit coin de désert : des dizaines de types s'affairent près de mon palmier. Enfin, quand je dis s'affairer... En fait, ils ont plutôt l'air plantés autour comme un jeu de quilles. Pourtant, je me sens submergé par une intense sensation d'activité. Comme si c'était une énergie mentale. Je lève les yeux au ciel : *énergie mentale*, c'est le pompon !
Je décide de me montrer et je reste un instant ébloui par un soleil lunaire. À l'instant où je franchis le seuil de ma maison, une onde de bienveillance m'enveloppe.
La dizaine de visages se tourne vers moi.
Je brise ce monde ralenti en levant une main hésitante et risque un :
— Salut !
Les autres penchent gracieusement la tête dans un universel mouvement amical :
— Bonjour, Lelahel, sois le bienvenu !

Je n'ai pas le temps d'accrocher un regard, d'engager la conversation, c'est trop tard, mon pot d'accueil est déjà fini. C'est pas que je les intéresse pas, non. C'est juste qu'ils ont autre chose à faire, apparemment.

Quels que soient leur âge, leur tenue, leur couleur de peau, ils présentent tous le même air inspiré. Pas forcément inquiets ou stressés comme pourraient l'être des hommes d'affaires... Seulement extrêmement concentrés. Chacun est penché sur un livre étrangement semblable au mien.

Je me dirige vers un môme qui doit avoir une douzaine d'années, à vue de nez.

— Sympa le coin, je tente, histoire de lancer la conversation.

Le gamin hoche la tête et sourit, sans lever le nez. Je me creuse les méninges. Mince, pas moyen d'accrocher le gosse !

— Comment tu t'appelles ?
— Mumiah.

Je me retiens de m'esclaffer, de justesse. Un point partout. Je suis tombé au royaume des prénoms bouffons.

— Tu peux me dire ce qu'ils font tous ?
— Leur boulot.
— À savoir ? Regarder des vidéos ?

Je suis scotché.

— C'est bien payé ? je tente comme un idiot.
— Pas mal, remarque le gamin ironiquement.
— Sérieux, qu'est-ce qu'on fait tous, là ?
— Attends, murmure Mumiah sans quitter son livre des yeux.

J'essaie bien de jeter un coup d'œil par-dessus son épaule, mais je n'entrevois qu'un écran sombre.

— Voilà, sourit le môme en refermant la couverture et en me regardant enfin. C'est bon pour le moment.
— Qu'est-ce qui est bon ?

Il ne répond pas et se contente de m'observer à travers ses petites lunettes rondes. Il se balance légèrement d'avant en arrière. Il dégage une impression de paix et de maturité si surprenante que je me trouve ridiculement gamin à côté de lui.

— Tu voulais savoir quoi au juste, déjà ? Ah oui ! Ce qu'on fait là ? Viens, tu vas juger par toi-même...

Il m'entraîne au sommet d'une dune. En contrebas se dresse la plus incroyable construction que j'aie jamais vue : surgie du sable, un improbable dôme de verre surmonté d'une espèce de bouchon de carafe genre tour de contrôle... Gigantesque. Comment j'ai pu faire pour ne pas l'apercevoir avant ? À l'intérieur, même d'ici, on peut distinguer un dédale de passerelles translucides dignes d'un Poudlard futuriste. À perte de vue. Des centaines de personnes se déplacent lentement, concentrées sur leur livre.

Mumiah sourit devant mon air subjugué.

— Meeeerde ! je gémis ? Mais c'est quoi ça ?

Le gamin remonte habilement ses lunettes en fronçant le nez.

— Le CRAV. Le plus grand centre de recherche de tous les temps.

Je le regarde, estomaqué :

— QUOI ?

— Le CR...

— Ouais, ça va, j'ai entendu !

À force de passer mes doigts dans mes cheveux, je dois ressembler à un porc-épic. C'est hallucinant !

— Mais qu'est-ce que je fais là, bon sang ?

Le jeune garçon sourit :

— Tous ceux qui se trouvent ici ont été choisis. Pour leurs capacités hors normes.

J'éclate de rire avant de poser une main amicale sur son épaule :

— Attends, attends, on a un énorme problème là ! Moi, un génie ? Mais c'est complètement absurde ! Tu sais combien j'ai eu en maths au brevet ?
— Il n'y a pas d'erreur, Lelahel, sourit le gamin. Tu as été choisi. Tu découvriras bientôt pourquoi.
Mon hilarité retombe aussitôt comme un soufflet. Je contemple l'enfant, puis tous ces gens qui se déplacent sans bruit. Si semblables, comme investis d'une mission. Un frisson me parcourt. Je fais un pas en arrière.
— C'est une blague ?
— Non. Tu as été recruté en vertu de certains critères. On va te l'expliquer bientôt.
— Mais je n'ai pas mon mot à dire ?
— Je crois pas.
Je suis oppressé, comme pris au piège. Que me veulent-ils ? C'est quoi ce centre de dingues ? Je jette à Mumiah un regard rempli de rage et rebrousse chemin. Au fur et à mesure que je dévale la dune, je sens la colère enfler. Lorsque j'atteins le palmier, mon unique point de repère dans ce désert, je suis sur le point d'imploser.

Mon cerveau carbure. Qui a pu manigancer un tel plan, mon accident a-t-il été un simulacre ? Et dans quel but ? Et surtout, surtout, ma famille est-elle au courant que je suis encore vivant, cobaye séquestré au milieu de nulle part ? Mon poing part tout seul et s'écrase contre le tronc rugueux. Ça fait un mal de chien, mais je continue jusqu'à ce que le sang dégouline sur mon bras et que la douleur m'arrache des larmes.

Je ne sais où me réfugier, à part dans cette maison changeante. Je m'y traîne et m'effondre sur les coussins de satin. J'ignore ce qu'ils m'ont fait, mais je constate avec effroi que ma main est déjà guérie. La rage m'étouffe : je refuserai toute coopération, quoi qu'ils me demandent. Ils vont regretter de m'avoir choisi !

J'entrevois le léger halo que dégage le Livre des sables, posé dans un coin de la pièce. Ma colère s'apaise miraculeusement. Je me dis que l'explication est peut-être entre ses pages, que la raison pour laquelle on m'a séquestré ici se trouve forcément là... M'est-il destiné ? Après un bref combat intérieur, la curiosité l'emporte et je rampe entre les coussins pour le récupérer.

Sa peau est souple, vibrante. Mes doigts creusent leurs empreintes à sa surface, comme si j'avais tracé des sillons dans l'eau, mais il refuse de s'ouvrir. Obstinément.

J'essaie de réfléchir. D'accord. Je suis un génie. Mais pourquoi est-ce que je n'arrive pas à feuilleter ce fichu bouquin alors que tous les autres y parviennent ? C'est exaspérant à la fin !

Soudain, je relève la tête, tous les sens en alerte.

Quelqu'un se trouve près de ma maison, je le sens. Une frêle silhouette se détache bientôt dans l'embrasure. C'est Mumiah. Il m'observe pendant un certain temps, guettant une invitation à entrer, invitation qui tarde à venir. Je pousse un soupir résigné et il s'assoit à mes côtés.

— Moi, j'ai découvert le secret du bonheur, me confie-t-il.

Je fixe ce gamin aux joues encore rondes parsemées de taches de rousseur. Ses yeux clairs brillent d'intelligence et de candeur. C'est pas pour autant que je le crois. À d'autres ! Le bonheur, on ne peut pas le quantifier, le palper. C'est abstrait, ça n'existe même pas. C'est comme mes grains de sable : on nage en plein délire !

Je m'entends bougonner :

— Je veux retourner chez moi.
Je n'attends pas de réponse.
Je sais que c'est impossible.

Je suis leur prisonnier.

L'échange

Fridzi ne dormait plus.
Fridzi n'en pouvait plus de se taire, de faire semblant. Cela la rongeait.
Au bout d'une semaine, elle cessa de surveiller Sara. Elle était sûre. Elle devait agir, foi de nourrice.
Elle commença par mener diverses investigations, avec le peu de moyens qu'elle possédait. Les voyantes, les cartes, le marc de café, tous annonçaient le même drame. Elle claqua à chaque fois la porte en vociférant qu'elle n'en croyait pas un mot ! Elle ne laisserait pas ces prédictions de bonne femme gâcher ses espoirs.
Elle ravala sa fierté et décida de confier ses inquiétudes à Anne et au docteur Lindt. Leur silence mortifié la glaça d'effroi. Comment osaient-ils baisser les bras ? Il y avait forcément une solution ! Ils devaient trouver, même si pour cela elle devait remuer ciel et terre !
Ils cherchèrent pourtant.
Mais en vain.
Sara s'épuisait. Maigrissait.
— Ma Fridzi, plaisantait la jeune fille, c'est bizarre, je mange plus qu'avant et voilà que je ressemble à un oiseau efflanqué !
Alors Fridzi se cachait pour pleurer.

Une nuit, une terrible nuit, Sara se mit à hurler de douleur. Lorsque sa nourrice arriva, échevelée, alarmée, Sara s'accrocha à son bras, ses grands yeux de biche profondément enfoncés dans leurs orbites :
— Ma Fridzi, j'étouffe, j'ai mal... Éclaire-moi !
— Non ! Non ! s'insurgea la matrone. Je vais te soigner, tout ira bien ma colombe...
La tête de la jeune fille retomba sur l'oreiller. La fièvre collait ses longs cheveux de blé sur son front.
— J'ai soif, gémit-elle.
Le temps que Fridzi s'absente pour chercher le pichet, Sara s'était assise et contemplait ses bras à la lueur de la bougie. La cruche vint se briser au sol. Les lèvres de Fridzi se mirent à trembler et elle enfouit son visage entre ses mains.
— Ma petite, ma toute petite, sanglota-t-elle en serrant l'enfant contre elle.
— Tu le sais depuis combien de temps ? murmura Sara doucement.
— Trop longtemps...
Devant le silence de sa protégée, Fridzi releva la tête et fixa, stupéfaite, la jeune fille. Sara était si paisible.
— Tu... Tu le savais ! balbutia la nourrice éperdue.
— Je m'en doutais, Fridzi. J'ai juste été exaucée.
— Exaucée ? Mais par qui ma colombe ?
Sara sourit avec tendresse :
— Qui pourrait en être capable ? Vois-tu, lorsque Ellie a été à l'agonie, j'ai imploré Dieu qu'il la sauve. En échange de ma vie.
Fridzi réprima un haut-le-cœur.
— Tu as fait ça ! Pour sauver notre petit ange...
— Bien sûr ! Je voulais qu'elle ait une belle vie, avec toi. Moi, j'ai déjà eu ma chance, tu sais. Tu es la plus aimante des nourrices, la plus merveilleuse. Ellie goûtera à ce bonheur.

— Mais… Mais… c'est impossible ! Je refuse ! s'insurgea la maîtresse femme en hoquetant à la fois de désespoir et d'indignation.

Elle se leva soudain, essuya ses larmes avec rage et contempla la jeune fille avec un amour infini. Au bout d'un silence qui en disait long sur ses sentiments, elle se racla la gorge et caressa la joue trop creuse :

— Je vois mon oiseau des îles… Alors c'est comme ça ! On demande et on est entendu ? Très bien !

Elle étreignit Sara et se retourna sur le pas de la porte :

— Ce qui a été demandé une fois peut être défait.

Sara se redressa à moitié, avant de retomber, épuisée. Elle savait parfaitement ce que sa nourrice s'apprêtait à faire.

Une fois seule, la jeune malade murmura pour elle-même :

— Mais tu ne pourras pas, ma Fridzi. Tu ne peux plus rien y faire…

Le secret

— Lelahel...

Je pousse un grognement peu amène et tourne délibérément le dos à mon interlocuteur. J'ai pas envie qu'on vienne déranger mon sommeil sans rêves. D'autant plus que je sais à qui appartient cette voix. Même s'il ne bouge pas d'un poil, sa présence m'exaspère. Je gronde, sans ouvrir les yeux.
— Sortez d'ici !
Bien entendu, il ignore ma remarque et s'installe près de moi. Il aime le risque, ce type !
— Regarde ton Livre des sables, Lelahel. Maintenant.
Je plisse les paupières. Je sens que tant que je ne l'aurai pas fait, il ne va pas me lâcher. De guerre lasse, je balance rageusement le bras et attrape le bouquin d'un geste brusque.
Achaiah s'est volatilisé.

Mais une page s'est ouverte ! Enfin !
Je me redresse, stupéfait.
Le Livre des sables semble décidé à me livrer son secret.

Quand je relève la tête, bien plus tard, je fixe les murs blancs.

J'ai compris.

Alors, je rejoins les autres sous le palmier et je commence une nouvelle vie.

L'insidieuse

La douleur, Sara s'en accommodait. Mais cette immense faiblesse, elle, était bien plus difficile à gérer. Elle essayait de la combattre à grand renfort de plantes. Elle sentait confusément qu'il ne lui restait plus beaucoup de temps, alors elle dépensait toute son énergie à soigner ses patients.

Elle n'irait jamais à l'université.
Elle ne verrait pas Ellie grandir.
Elle n'était pas sûre de revoir Lukas non plus. Sa mort était une question de semaines, tout au plus.

Depuis que Fridzi avait découvert son secret, son état s'était rapidement détérioré.

Elle avait appris à vivre avec cette maladie insidieuse.

Les premiers temps, elle avait bien essayé le prolonger son travail après le coucher du soleil, mais les marques sombres qui apparaissaient sur sa peau terrorisaient les patients. Elle avait dû renoncer.

À présent, chaque nuit, elle se traînait difficilement jusqu'à l'église et, rongée par la fièvre, gravissait les marches qui menaient à l'ange de pierre. Là, elle s'abandonnait aux vagues brûlantes, le regard tourné vers l'avenue, où, elle en était sûre, la calèche de Lukas surgirait un matin brumeux. Elle priait pour qu'il n'arrive tout simplement pas trop tard.

Le mal noir lui avait ravi ses dernières forces. Elle ne pouvait plus écrire.

Elle serrait convulsivement les lettres d'amour contre elle. Celles qu'elle avait écrites, nombreuses. La sienne, unique.

Malgré sa souffrance, elle restait sereine et soulagée. Ellie vivrait. Elle avait fait le bon choix. Ce n'était pas un sacrifice. Plutôt un don. Penser qu'elle ait pu être entendue était un baume. Elle n'en concevait aucune gloire, juste un immense bonheur.

Mais souvent, au cœur de la nuit, la torture devenait si insoutenable qu'elle finissait par l'emporter dans des abysses sans fond.

Au petit matin, lorsqu'elle reprenait connaissance, même si sa peau avait retrouvé une apparence normale, elle se sentait si faible qu'elle avait du mal à bouger ses membres ankylosés. Cette maladie la rongeait et la vidait de toute énergie. Elle aurait tant aimé avoir le temps d'y trouver un remède.

Lorsqu'elle avait récupéré un minimum de forces, Sara reprenait le chemin de l'hôpital. Une fois le seuil du porche franchi, elle se redressait. Le mal se faisait discret, reculait. Pour un moment. Jusqu'au coucher du jour, plus exactement, où elle la laminerait encore plus profondément.

Pour avoir assisté à l'agonie de la petite Ellie, Sara ne se faisait pas d'illusion et savait à quoi s'attendre. Les ramifications s'enracinaient profondément, rongeaient sa chair et ses organes, étouffant la vie qui luttait inutilement.

Elle soupirait parfois :

« Lukas, dépêche-toi ! Ou c'est une tombe que tu viendras fleurir... »

Le tournant

Je ne sais pas depuis combien de temps je bosse pour eux. Mais vu le nombre de missions qui m'ont été confiées, pas mal d'eau a coulé sous les ponts. Je me suis bien accoutumé. Ici, le temps ne passe pas de la même façon que dans la vie normale. Je me demande s'ils ne nous font pas avaler des médocs qui ralentissent notre métabolisme, parce que nous sommes tous bloqués à l'âge de notre arrivée. Mais c'est pas franchement flippant, je m'en fiche.

Mumiah est devenu un super copain. Sans lui, à la première mission, j'aurais été un peu paumé. Il m'a épaulé, soutenu, conseillé. Maintenant, ça va, je comprends vite. Il paraît que je suis doué. En tout cas, ça me plaît.
Le Livre des sables, c'est un truc totalement délirant.
Pourtant, s'il tombait entre des mains néophytes, personne ne le remarquerait. C'est prévu dans le code de déontologie. Il se glisserait sans problème dans n'importe quelle bibliothèque, incognito, et resterait oublié jusqu'à la nuit des temps. Au début, j'ai pas mal bassiné Mumiah. Je voulais savoir qui avait pu concevoir une telle technologie, depuis quand, etc., etc. Mon jeune ami a beaucoup souri, esquivé mes questions, pratiqué la technique de la carpe, sans jamais perdre patience. Il a fini par lâcher à demi-mot qu'au-dessus

du Maître existait un esprit supérieur à tout ce qu'il est possible d'imaginer, que c'était lui qui avait créé le centre, inventé le Livre des sables et lui qui recrutait également les membres.

Depuis que je travaille ici, j'ai rencontré des centaines d'hommes et de femmes, tous si brillants que je n'arrive toujours pas à comprendre ce que je fais parmi eux. Je n'ai pas eu de révélation fulgurante, je n'ai pas trouvé la recette du Bonheur, ni la recette de quoi que ce soit, d'ailleurs. Je fais mon job, ça, c'est sûr, et je le fais bien, mais pourquoi m'a-t-on choisi, moi ?

Le Livre des sables a été conçu pour être un prolongement de mon âme. Je suis pas surpris que pour vous, ça soit du charabia... C'est un outil de travail viscéral en quelque sorte. Non plus ? Essayons autre chose. À chaque fois qu'une nouvelle page s'ouvre, le reste du monde cesse d'exister pour moi. Je suis chargé d'une mission. Elle seule compte. Vous comprenez mieux ? Je donne le maximum, pas de répit, pas de temps libre, aucun repos. Je maîtrise.

Mais malgré tout mon investissement, toutes mes interventions ont la même issue. À croire que je ne sers à rien ! Je me suis posé des tas de questions, j'ai essayé de changer ma façon de faire pour obtenir de meilleurs résultats... Achaiah m'a expliqué avec douceur que c'était impossible, que c'était parfait comme ça. Alors, je l'ai écouté et j'ai continué. Une logique bien huilée : l'ouverture de la page, la lecture des données, le déroulement de la mission et puis sa fin, inévitablement. Qu'espérer d'autre ? C'est dans l'ordre des choses, voilà tout !

Pourtant... Je constate que les autres savent mieux gérer ça. Même Mumiah. La sagesse n'attend pas le nombre d'années. Mais moi, à chaque fois, je reste de longs moments à regarder les palmes onduler sous le vent invisible du désert. Il me faut ces instants-là de solitude.

Lors des débriefings, je me sens de plus en plus frustré. Comme j'ai jamais eu ma langue dans ma poche, ici non plus j'arrive pas à la fermer. Je suis comme un électron libre dans cette assemblée sereine, un électron qu'il faut cadrer : j'argumente, je juge, j'avance des hypothèses, de nouvelles théories que tout le monde, même les plus anciens, écoute avec bienveillance. Je me fais l'effet d'un perturbateur qui ne tient pas en place. La sagesse ne m'atteint pas, hélas.

Mumiah se place toujours à ma droite et tire sur ma manche discrètement lorsqu'il trouve que je suis allé trop loin. Faut dire qu'en pleine réunion, je peux me mettre à brailler : « On est l'élite ou quoi ? » en frappant la table, histoire de réveiller ces esprits flegmatiques. Puis je finis par me calmer et refouler mes idées révolutionnaires devant le peu de réactions que j'entraîne. Franchement, je ne sais pas pourquoi je suis comme ça. Même ici, il faut que je me fasse remarquer.

Personne ne me dit rien, ne me juge mal. On hoche la tête, on prend des notes, même si je suppose qu'elles seront supprimées dès que j'aurai le dos tourné... Je me fais une raison. J'ai quand même un parcours sans faute.

Et puis la mission S 41 m'est tombée dessus.

On peut dire ça, tombée dessus.

Oh, bien sûr, au début, j'ai rien vu venir. J'ai pas fait gaffe. Malgré tous mes coups de gueule, je sais gérer en vrai pro, personne ne peut m'enlever ça. Et puis, ça s'est mis à déraper. Complètement.

S 41 était différent. Vraiment différent.

Peut-être que j'aurai dû appeler Mumiah à l'aide, ou Achaiah. Mais je l'ai pas fait. Question d'amour propre. Je n'étais plus un novice, quand même, je devais assurer.

Je me suis démené comme un beau diable pour tenter de reprendre les rênes jusqu'à ce que je réalise que je ne gagnerais pas. S 41 était vraiment trop fort pour moi. Il fallait bien se rendre à l'évidence : j'avais totalement perdu le contrôle. Alors j'ai cessé de lutter. Un sourire aux lèvres, j'ai enfin compris les raisons de cette rébellion. J'ai enfin compris en quoi je pouvais être un génie. Car j'ai réussi ! À modifier ce qui était immuable. Et aujourd'hui, rien ne me paraît plus juste.

Maintenant, j'attends Achaiah. Sûr, il va être furax. Personne n'a jamais révolutionné le Livre des sables avant moi. Mais les conventions, je m'en fiche.

La douleur

Lorsque marcher devint un supplice et que chaque inspiration lui arracha des quintes de toux épouvantables, elle apprit à gérer. À se mouvoir lentement, pour s'économiser.

Lorsqu'elle devina que, bientôt, elle ne parviendrait plus à parler, elle se confia à Fridzi. Le regard grave, la femme écouta attentivement. Sara savait reconnaître, à son visage fermé, qu'elle bouillait intérieurement. Et finalement, sans surprise, elle finit par exploser :

— Alors, c'est ça ! Ce qui te pousse aux marches de l'église, c'est ça ? C'est pour ce jeune freluquet qui t'a à peine fait la causette, et qui reste pendant des mois muet comme une carpe ! C'est à cause de cette promesse ridicule que tu as mangé ta santé tout l'hiver dans le froid, mon oiseau des îles ? Mais ma colombe... Les hommes sont tous des...

— S'il te plaît, ma Fridzi, tenta de l'apaiser Sara.

— Ah c'est comme ça ! Je vais te le ramener par la peau du cou, ton musicien de pacotille et il verra de quel bois je me chauffe ! Laisser ma petite caille attraper la mort nuit après nuit, sans donner de nouvelles ! Ah ça ! Virtuose, mon œil ! Je vais aller le chercher et tu guériras !

Sara embrassa tendrement Fridzi qui commença à échafauder des plans comme on part en guerre.

Bientôt elle ne fut plus capable de parler. Ses cordes vocales étaient probablement atrophiées. Lorsque le mal ne lui laissa plus aucun répit, une paix intérieure l'envahit : ce ne serait plus long. Son visage s'illumina de douceur et elle prodigua un sourire rassurant à chacun de ses patients. Il lui restait si peu de temps…

Désormais c'était Fridzi qui la portait toutes les nuits au pied de l'ange, parce qu'elle n'avait plus la force de gravir les escaliers. Elle était devenue plus légère qu'un moineau. Ou qu'une plume.

La nourrice insistait chaque soir pour lui tenir compagnie, désespérée à l'idée de la laisser s'éteindre loin de ses bras protecteurs. Mais la jeune fille se montrait inflexible : elle voulait rester seule. Elle n'avait peur ni de la douleur qui l'accompagnait à chaque pas ni de la mort qui finirait par la délivrer.

Fridzi repartait donc en hoquetant, transie par un froid perfide que rien ne pouvait effacer, pas même les câlins de la petite Ellie. Toutes ses prières, ses dons, n'avaient eu aucun effet sur l'état de santé de sa jeune maîtresse. Fridzi en voulait à la terre entière. Elle avait essayé de savoir où se trouvaient Erick et son virtuose, sans succès. Si elle avait pu bénéficier de plus de temps, elle serait partie, par n'importe quel moyen, ramener le jeune homme à coup de pied dans le postérieur. Mais c'était un luxe qu'elle ne pouvait plus se permettre. Elle n'avait tout simplement plus le temps. Alors ses trajets de retour étaient ponctués de prières, de lamentations et d'accès de rage. Elle ne vivait que pour le lever du jour où elle allait rechercher sa protégée et la serrer dans ses bras. Chaque matin l'angoisse lui faisait craindre d'étreindre un corps sans vie.

Si bien qu'à l'aube de ce dernier jour, lorsqu'elle aperçut un attroupement au pied de l'église, elle crut défaillir. Dans

un état second, elle écarta les badauds, persuadée de découvrir ce qu'elle redoutait tant.
Sauf que ce n'était pas ça.
Au pied des marches ce ne fut pas le corps inerte de Sara qu'elle trouva.
Au pied des marches, la statue de l'ange gisait, brisée en mille morceaux.
— Une sculpture de cette taille, quand même ! s'exclamaient les gens, interloqués. Comment est-ce arrivé ?
Fridzi n'entendait rien, ne voyait rien.
Elle s'était ruée, fouillant les décombres à la recherche de son oiseau des îles. Elle n'avait rien trouvé, juste quelques feuilles manuscrites qu'elle avait fourrées machinalement dans sa poche. Sara n'était pas là. Sara était partie. Quelqu'un l'avait emportée !
Folle de rage et de douleur, elle avait secoué sans ménagement les badauds, frappé aux portes, sorti du lit ceux qui avaient l'insolence de dormir encore alors que sa caille avait disparu. En vain.
Personne n'avait vu la jeune fille. Personne.
Fridzi n'avait nul endroit où chercher.

S 41

Il a essayé de me convaincre, mais j'ai été inflexible. Plus têtu que moi tu meurs. Dès le départ, il avait deviné, je crois, que je ne rentrerais pas dans leur moule. Alors, quand il a renoncé, j'ai même ressenti de la peine pour lui, c'était un patron cool.

Dire au revoir à Mumiah a été le moment le plus éprouvant. J'ai lu tant de tristesse dans ses yeux que j'ai failli flancher. Mais je sais qu'il comprend. C'est en le regardant faire que j'ai appris à me dépasser. Et S 41 a fait le reste...

Ce que je m'apprête à faire, là, maintenant, tout de suite, c'est juste génial.

Je suis confiant et serein. Jamais le Livre des sables ne m'aurait laissé faire s'il avait jugé que c'était un mauvais choix. Je vais réussir.

J'ai fait ce qu'il fallait pour que l'*autre* revienne. Je me sens un peu inquiet, j'aurais tellement voulu assister à la fin de l'histoire. Mais Achaiah a été catégorique : je n'aurais pas cette chance-là, impossible. Dommage.

S 41. Ma plus belle mission. La seule où j'ai reçu plus que donné...

S 41 est venue, comme tous les soirs. Je regarde son visage avec une tendresse infinie. Elle s'est recroquevillée contre moi, sa respiration devenue sifflante. Ses quintes de toux

m'arrachent le cœur. Elle crache du sang maintenant. C'est sa dernière nuit, elle le sait. Sa douleur est intolérable. La mienne aussi. Je vous l'avais dit : S 41 m'a remuée jusqu'à l'âme.
Voilà, S 41 a sombré dans l'inconscience. Elle respire à peine.
Je me penche vers elle, caresse cette joue qui, il y a si peu de temps, était duveteuse comme celle d'un enfant...
Je soupire en la contemplant. Je pense à Lucie, ma lumière. Peut-être est-ce cela le secret...
Alors soudain, je me décide, j'ai trop traîné ! Je plonge mes doigts dans la dune, à deux mains, je recueille tant de sable que j'en ris aux éclats ! Je souffle sur les grains et la page se remplit à nouveau. Lentement. J'ai réussi ce que jamais aucun de leurs génies n'avait imaginé ! Je ressens une telle bouffée de joie que je crois que mon rire résonne jusqu'au ciel. J'embrasse le Livre des sables, je suis euphorique.
Je me penche encore vers S 41 et je l'emporte.
Personne ne doit savoir.
Juste elle et moi.

41

Le contact glacé lui fit l'effet d'une brûlure. Elle se cambra pour essayer de se soustraire à la douleur.

Elle entrouvrit les paupières un bref instant, juste le temps d'apercevoir deux immenses ailes au-dessus d'elle et un sourire radieux, plus doux que du velours. Elle se sentit en paix. Elle connaissait ce visage doux, ce sourire rassurant, pour l'avoir vu des centaines de fois au-dessus de sa tête. L'ange de pierre était là, il la protégeait. C'était bon.

Les yeux clos, elle sentit l'air frais de la nuit apaiser ses brûlures pour la rendre plus légère. Il lui sembla que la statue se colorait de rose et des lèvres chaudes se posaient sur sa joue. Elle ne souffrait plus. Le ciel étoilé au-dessus de sa tête était une invitation. Tout était fini.

— Pas tout à fait, chuchota une voix à son oreille. Pas encore, ma douce…

Le don

Fridzi revenait lentement vers la demeure qui avait vu grandir Sara, le cœur en lambeaux. Depuis qu'elle savait que ce moment arriverait, elle redoutait l'instant où elle devrait dire adieu à sa petite caille. Mais c'était encore pire que tout ce qu'elle avait pu craindre. Insupportable. Elle ne pouvait même pas serrer son enfant dans ses bras dans un dernier adieu.

Sara était morte.

Comment l'annoncer à sa tendre Ellie ? Comment accepter l'inconcevable ?

Toute à sa douleur, une masse sombre attira soudain son attention.

Elle s'arrêta net.

Deux chevaux étaient postés devant la résidence, visiblement exténués.

Erick Von Brunner se tenait sur le haut du perron, figé. Un bref instant hébétée, Fridzi se demanda ce qu'il faisait là. Elle l'avait tellement attendu que son cœur perturbé eut un bond de joie aussitôt avorté. Il était trop tard.

Elle avança vers son maître qui semblait la sonder et gravit les marches comme on monte à l'échafaud. Il ne bougeait pas d'un pouce. Seuls ses yeux vivaient encore. Lorsqu'elle arriva devant lui, brisée, le regard d'Erick glissa sur elle pour se perdre au-delà d'elle, au-delà de tout.

Elle n'eut pas besoin d'expliquer. Elle en aurait été incapable. Il avait compris. Il posa une main glacée sur son bras et avança comme un automate vers le jardin.

Chacun de ses pas était un peu plus douloureux que le précédent, Fridzi le devinait à sa démarche mal assurée et à son dos voûté. Chaque pas l'enfonçait un peu plus dans une nuit sans fond.

Au moment où elle sentait l'émotion la briser, un cri atroce retentit à l'étage. Cela ne pouvait pas être Helena, cette femme glaciale réagirait-elle seulement à l'annonce du décès de sa cadette ? Alors qui ?

Ellie, mon Dieu !

NON !

Galvanisée par la terreur qui lui nouait les entrailles, elle se rua à l'intérieur de la maison et ouvrit si précipitamment la porte de la chambre de la fillette que sa petite tête ébouriffée se redressa dans la pénombre. Ellie la fixait de ses pupilles toutes endormies, interloquée. Fridzi ravala un sanglot de soulagement et se fit violence pour ne pas étreindre la petite à l'étouffer. De quoi avait-elle eu peur ? Que le mal ait aussi emporté l'enfant en même temps ?

Mais non... Sara s'était sacrifiée pour elle. Il ne pouvait rien lui arriver. Pas maintenant.

Fridzi berça sa fille sans un mot avant de la recoucher et de la border. Elle caressa la chevelure de lune en contemplant son visage serein. Rassurée, la petite se rendormit paisiblement.

Elle resta là, dans la pénombre, les traits figés, évaluant froidement ses deux moitiés de cœurs. L'un, glacé, perdu à tout jamais. L'autre palpitant, de velours, juste à portée de main.

Elle entendit la maison se réveiller, les cuisiniers s'affairer. Qu'ils se débrouillent sans elle, quelle importance ? Un nouveau jour se levait. Sans elle.

Et puis elle se souvint des feuilles de papier trouvées près de la statue.

Elle reconnut aussitôt l'écriture décidée de sa jeune maîtresse et étouffa un sanglot. Les missives commençaient toutes par un cri d'amour. Elle ne les lut pas. C'était inutile. Elle les serra contre sa poitrine, s'imprégnant de cette ultime présence et puis elle cessa de penser.

Au bout de ce qui lui sembla une éternité, elle se leva, s'arrachant à la contemplation du doux trésor endormi. Dans le couloir, le soleil brillait dans un ciel d'azur. L'insolent ! Comment pouvait-il se le permettre d'être aussi radieux dans un tel moment ?

Elle referma brutalement le rideau.

Quelqu'un avait-il annoncé la nouvelle à Helena ? Trouverait-elle la force de le faire sans déverser son fiel sur cette femme insipide, sur cette mère qui n'avait jamais réalisé à quel point sa cadette était plus précieuse qu'un diamant ?

Perdue dans ses pensées, elle buta contre une forme recroquevillée dans le couloir.

— Qu'est-ce que ?

Et soudain, malgré la pénombre, elle le reconnut. Les mêmes cheveux qu'Ellie, si blonds, si fins. Ce grand corps maladroit. Ces yeux noisette inexpressifs...

Son sang ne fit qu'un tour.

Elle empoigna le jeune homme par le col et le traîna dans une pièce isolée. Là, elle le lâcha sans ménagement sur une chaise et se planta devant lui, les bras croisés, le regard incendiaire :

— Toi ! Toi ! Tu as daigné revenir quand même ! hurla-t-elle. Après l'avoir laissée dépérir, se languir d'amour, après l'avoir abandonnée sans la moindre nouvelle, seule, tout l'hiver, aux pieds de cette statue ? Mais qu'est-ce qui t'a pris ! De quel droit ? Elle est morte par ta faute, insensé !

Le jeune homme la fixait sans un mot, probablement en état de choc. Elle se rendit compte qu'elle était certainement allée trop loin lorsqu'il s'affala sur le parquet, inconscient.

— Sainte mère de Dieu ! s'écria Fridzi en se frappant la tête. La douleur t'égare ! Mais qu'as-tu fait à ce garçon, ma pauvre fille ?

Elle hésita, partagée entre la colère et la culpabilité. Sa nature généreuse et maternelle reprit rapidement le dessus. Elle s'empara du virtuose qui ne pesait pas bien lourd et rejoignit la cuisine où elle le déposa sur un banc. Ses apprentis avaient suspendu leurs mouvements dans un silence de plomb. Ils la connaissaient bien. Quand elle ne criait pas, c'est que la situation était grave. De fait, une main levée suffit à vider instantanément la salle de ses commis affolés.

D'un pas pesant, elle alla machinalement chercher quelques brioches qu'elle déposa devant le jeune homme. Puis elle le secoua sans trop de ménagement. Quand il se redressa, il était livide.

— Mange, ordonna-t-elle.

Il ne bougea pas, figé par la stupeur.

— Mange, insista-t-elle plus gentiment, en poussant devant lui une brioche.

Il fixa enfin son attention sur elle. Son regard la transperça comme un poignard.

— Je ne l'ai pas abandonnée... Je lui ai écrit. Chaque jour. J'ai envoyé chaque semaine une lettre.

Elle fronça les sourcils.

Elle sortit la liasse de feuillets qu'elle avait gardée contre sa poitrine et la brandit sous son nez.

— Menteur ! Une seule lettre de toi !

Il pâlit si dangereusement qu'elle crut qu'il allait à nouveau s'évanouir. Mais il se ressaisit et tendit la main vers les lettres. À contrecœur, elle les lui céda. Elles lui appartenaient, après tout. Il y posa ses lèvres avant de les serrer contre lui en silence. Sa douleur était si palpable que Fridzi sentit sa gorge se nouer. Non !

Puis il se mit à parler, d'une voix atone.

— Chaque semaine, je lui ai envoyé une lettre. Je lui racontais tout. Ce que je vivais, les lumières des villes, le succès des salles remplies, la solitude des nuits, et cet espoir de nous revoir, si proche, si proche. Elle était là, dans mes rêves. Mon avenir. Elle me manquait tellement... Je vous jure, je les ai envoyées, elles sont forcément arrivées ici... Au moins quelques-unes...

Fridzi serra les poings. Un éclair fulgurant : Helena ! Qui d'autre aurait pu subtiliser les lettres ? Cette femme paierait !

Il se tut un bref instant, avant de reprendre :

— Et puis il y a eu ces corbeaux. Dans mes rêves. Chaque nuit. Au début, il y en avait juste un qui regardait Sara. Et puis les nuits suivantes, d'autres sont arrivés, l'encerclant, la cernant. Elle n'essayait même pas de les combattre, elle se laissait faire. Sans un mot. Avec le sourire. Et moi, j'assistais, impuissant à ces scènes de cauchemar. Et puis, il y a deux nuits...

Il s'interrompit à nouveau, la gorge nouée.

— Et puis c'est arrivé. Les oiseaux l'ont étouffée.

Fridzi ne respirait plus. Il reprit.

— Je suis allé voir Erick et je lui ai tout raconté. Il m'a regardé attentivement avant de demander si j'étais sujet à ce genre de pressentiment. Je lui ai répondu que non, que les seules fois où j'avais des prémonitions aussi fortes, c'était pour la musique. Alors il s'est levé précipitamment et a fait seller deux chevaux. Nous sommes partis aussitôt et nous

avons galopé jour et nuit, sans prendre le temps de dormir. Juste de changer de chevaux. Mais…
La voix de Lukas se brisa de désespoir.
Mais ils étaient arrivés trop tard.
Fridzi posa une main sur l'épaule du jeune homme. Elle n'avait rien à ajouter. Il est des douleurs qui ne pleurent qu'à l'intérieur.
Elle se leva. Elle se sentait brisée.
Elle avait besoin de s'allonger quelques minutes sur le lit de Sara. Pour respirer son odeur. Elle appuya son front contre la porte et inspira douloureusement. Elle aurait pu s'écrouler. Elle entra et poussa un cri de détresse.
Sur les draps immaculés, le corps de Sara reposait.
Elle se serait effondrée si une poigne ferme ne l'avait soutenue. Elle n'aurait jamais soupçonné une telle force chez un gamin aussi gringalet. Mais elle était heureuse qu'il soit près d'elle en ce moment. Elle serra fort sa main et se soutenant l'un et l'autre ils avancèrent vers le corps sans vie.
Sara était translucide, son visage lisse comme celui d'une statue de marbre. Elle était plus belle que jamais. Elle ne portait aucune trace du terrible mal qui l'avait rongée nuit après nuit. Elle semblait enfin sereine. Fridzi renonça à comprendre par quel miracle le corps leur avait été rendu. Elle se contenta de remercier le ciel. Elle allait pouvoir la serrer contre elle, prendre comme une réserve d'elle, pour l'éternité.
Elle entendait vaguement Lukas respirer bruyamment à ses côtés. Elle n'osait pas tourner la tête pour le regarder. Elle se contenta de serrer encore plus fort sa main.
Ce fut lui qui, le premier, trouva le courage de la toucher.
Sa peau était encore tiède.
Fridzi s'agenouilla et posa sa joue juste contre celle de son enfant. Oui, son enfant. Une mère ne devrait jamais avoir à vivre cela, mon Dieu ! Alors, enfin, elle se mit à sangloter.

— Sara... Mon tout petit...

Lukas s'était raidi et ne respirait plus. Sa main se crispa soudain.

— Frid...

Elle venait de s'en apercevoir elle aussi.

Sara venait d'ouvrir les yeux.

Le don

Je la regarde s'éveiller parmi mes coussins de soie, dans la douce luminosité de la pièce. Je me suis assis un peu plus loin pour ne pas l'effrayer. Même si je sais que ça fait bien longtemps que S 41 n'a plus peur de rien.

Elle s'étire machinalement avant de se crisper tout à coup et d'observer attentivement ses bras. Elle se souvient... Comme il fait encore nuit, je suppose qu'elle tient à vérifier que le mal l'a bien quittée. Elle sourit doucement, apparemment rassurée.

À ses prunelles bleues posées sur moi, je vois bien qu'elle ne se souvient pas de la façon dont elle est arrivée ici. Elle ne sait pas qui je suis. C'est normal.

— C'est fini ? questionne-t-elle.

Je souris pour l'apaiser.

— Pas exactement. C'est un autre début.

— Oui, bien sûr, glisse-t-elle en se relevant doucement. Mais Ellie est sauvée, n'est-ce pas ?

— Oui, tu l'as sauvée.

Un sourire plus lumineux que le soleil éclaire son visage, un sourire qui me transperce. Elle croit qu'elle est morte, comme moi lorsque je suis arrivé ici. Je ne lui dirai rien.

— Quel est ton nom ? demande-t-elle gentiment.

— Lelahel.

— Comme c'est doux...
J'ai envie de rire.
S 41 s'émerveille de la douceur de mon prénom...
Je m'empare de sa main et l'entraîne dehors.
Le soleil si pâle vient de se lever. Son regard englobe l'horizon désertique, se noie dans les dunes, avant de s'arrêter sur mon palmier.
— Oh !
Elle pousse un cri de surprise avant de caresser l'écorce rugueuse de ses longues mains aristocratiques. Le temps s'est arrêté.
— Je n'ai jamais vu un tel arbre, se justifie-t-elle, le regard illuminé.
Je me demande ce qu'elle aurait dit si le centre de recherche avait soudain jailli des sables. Car, bien sûr, elle ne le verra pas. C'est pas prévu au programme. Ce secret-là sera bien gardé.
D'ailleurs, j'aurais même pas dû l'emmener ici, je n'avais pas le droit, mais j'en ai fait qu'à ma tête, comme d'habitude. J'estime que puisqu'elle a décidé de mon sort, je peux bien grappiller quelques derniers instants avec elle... Mais je n'avais pas prévu qu'ils passent aussi vite, même pour un être comme moi.
Pourtant j'ai goûté chacun de ces précieux moments...
Lorsqu'elle s'est extasiée de ses pas s'effaçant dans le sable.
Lorsqu'elle a ouvert de nouvelles pièces dans ma maison : des forêts embaumées, des fleurs baignant dans la rosée, des rivières sauvages, des nuages poudrés... Toutes ces choses que sa nature innocente pouvait révéler...
Lorsque je lui ai montré le Livre des sables et que ses yeux se sont arrondis de surprise en sentant sa chaleur sous sa main.

Lorsqu'elle m'a confié avoir caressé le rêve insensé d'être médecin.

Lorsque nous nous sommes promenés si longtemps en silence, de dune en dune, et que je devinai la moindre de ses pensées, tournées vers la petite Ellie et son Lukas.

Lorsqu'elle a tendu la main vers mon visage et m'a dit que je ressemblais tant à l'ange de marbre de Karlskirche.

Oui, le temps est passé si vite...

Et voilà que la journée s'achève et que déjà ses yeux papillonnent. Il est temps de repartir.

En l'embrassant sur le front pour lui souhaiter bonne nuit, mon cœur se serre. Elle ne sait pas que c'est un adieu que je lui adresse, que cette journée était mon ultime cadeau. Je dépasse vite cette petite contrariété. L'instant d'après, une plénitude totale m'envahit. Je suis heureux.

Elle s'est endormie.

Il a de la chance de l'avoir, l'Autre.

Je m'empare du Livre des sables et je me glisse dans la nuit paisible. Une lune bleue accompagne chacun de mes pas. Je marche droit devant moi. Je ne sais pas quand cela arrivera, mais je suis prêt.

Je pose le livre.

Je regarde le sable l'engloutir doucement.

Adieu S 41.

Adieu Sara.

Elle s'éveille pour la seconde fois parmi les coussins de soie, mais cette fois-ci, elle comprend qu'elle est seule et sans savoir pourquoi, elle a peur et froid. Elle crie :

— Lelahel !

Seul le vent lui apporte une réponse, une certitude qui lui serre le cœur. Il n'est plus là.

Elle se recroqueville, submergée de tristesse. Un enfant entre dans la pièce. Lui aussi semble perdu.

— Il est parti, explique-t-il tristement.

Sara se tait. Avec tendresse, l'enfant la regarde à travers ses lunettes rondes.

— Il est parti et il ne reviendra pas. Sa mission est terminée. C'était toi, sa dernière mission.

La jeune fille fixe l'enfant sans saisir un mot de ce qu'il dit. Mission ?

— J'étais son ami, soupire l'enfant.

Les yeux de Sara s'embrument soudain. Lelahel lui manque, c'est tout ce qu'elle sait.

— C'était le mien aussi, murmure-t-elle en refoulant un sanglot.

L'enfant est compatissant :

— Je le sais, Sara...

Au bout d'un long silence, l'enfant reprend :

— Je sais aussi qu'il ne t'a rien dit. Il a préféré rester discret. Mais moi je ne te laisserai pas repartir sans savoir ce qu'il a fait pour toi. Écoute-moi bien, petite. Lelahel était un veilleur, comme moi. Sauf qu'il était bien plus brillant que nous tous. Tu n'as pas compris n'est-ce pas ?

Sara secoue la tête.

— Lelahel t'a sauvé.

Elle ne comprend toujours pas. Il soupire, résigné.

— Cet endroit est sacré, petite. Nul n'a le droit d'y entrer ou d'en connaître l'existence. Lelahel t'a juste invitée, mais quand tu repartiras, tu ne te souviendras de rien. C'est ainsi. Le secret doit être bien gardé. Les personnes qui habitent ici ont été scrupuleusement choisies. Leur âme et leur cœur sont grands, leur intelligence aussi. Nous avons des missions à accomplir, consignées dans ce livre étrange qu'il t'a montré. Le Livre des sables est le livre de vie. À l'intérieur, à chaque page se trouve gravée l'histoire d'un être humain sur lequel nous devons veiller. Chaque page renferme des grains de sable qui sont autant de secondes de leur vie consumées. Sara, nous pouvons déjouer les plans, écarter les dangers, protéger celui qui nous a été confié, mais... nous savons tous à quel moment les derniers grains de sable de son existence s'écouleront. Nous ne pouvons pas changer le cours des choses. C'est irrémédiable. Enfin, je le croyais... Parce que Lelahel a changé cet irrémédiable. Il n'a pas accepté de te voir disparaître aussi tôt. Il a réécrit ta page dans le Livre des sables. Il t'a rajouté des grains. Les siens. En se sacrifiant, il t'a sauvée.

Elle le fixait de ses grands yeux bleus de nuit.

— Pourquoi ?

Ce fut son unique question.

L'enfant la regarda gravement.

— Parce que tu l'as touchée par ton sacrifice. Parce qu'il a décidé que ta page devait être bien plus remplie. Parce qu'il a été impressionné par ta détermination : tu as renoncé à cette vie prometteuse pour prendre le mal dont souffrait la petite. Et parce qu'il croyait que tu étais destinée à de grandes choses, Sara. Je le crois aussi.

Elle pleure, souffre, craint de comprendre.

— Qui êtes-vous ? sanglote-t-elle.

— Des anges gardiens, confie-t-il en souriant.

Il ouvre son Livre des sables et le compte à rebours recommence. Translucide, Sara s'évapore comme un fantôme qu'elle n'est pas.

— Je veillerai sur toi, douce Sara, chaque seconde de ta vie. Je prendrai la place de Lelahel. Je lui ai promis...

Elle ouvre brutalement les yeux.
Elle ne sait plus où elle est.
Son rêve lui échappe, la frôle, l'enrobe de douceur et s'évade, la laissant à la fois apaisée et insatisfaite.
Elle ne se souvient déjà plus de Lelahel lorsque Fridzi et Lukas la serrent dans leurs bras en pleurant. Elle laisse le bonheur la submerger. Elle sait juste qu'elle est sauvée et que son attente est enfin terminée : Lukas est là et il ne repartira plus.

Lelahel

Sara contemple le jardin du balcon de sa chambre. Elle sourit, heureuse. Elle aime cet instant précieux où elle ouvre la fenêtre, à la première heure du jour. Elle s'accoude un bref instant. Cette maison, c'est un cadeau de son père pour son mariage, mais ce jardin, c'est son œuvre, tout droit jailli de son imagination. Les couleurs se succèdent, riches, harmonieuses, tout au long des saisons, il est à la fois indompté et voluptueux. Lukas avoue en riant qu'il est une symphonie dédiée à l'amour.

Au centre de ce jardin trône un palmier, parce qu'un jour, en feuilletant un manuel de botanique, elle est tombée sur un croquis de cet arbre majestueux dont elle s'est éprise, pour quelque obscure raison. Lukas, qui ne sait rien lui refuser, en a fait venir un du désert, tout spécialement pour elle.

Elle se retourne et contemple le virtuose encore assoupi. Son regard s'attarde sur les feuillets griffonnés qui jonchent le bureau. Il a écrit cette nuit, emporté par cette transe qui a fait de lui un génie. Il a écrit, puis il est venu se coucher, tard, la serrer contre lui avec cette tendresse mêlée de passion qu'ils éprouvent l'un pour l'autre.

Elle est heureuse que le succès ne l'ait pas corrompu, heureuse qu'il l'ait encouragée dans sa carrière aussi. D'ailleurs, il est l'heure ! L'hôpital l'attend. Elle referme doucement la fenêtre, embrasse son mari endormi et se faufile dans la cuisine pour rejoindre Fridzi qui l'a suivie ici.

Là, elles savourent le bonheur d'être ensemble, plaisantent au sujet de la gracieuse Ellie, si convoitée qu'elle ne sait quel prétendant choisir.

Le regard de la nourrice s'arrête sur le ventre proéminent de la jeune femme. La promesse d'un nouveau jour.

— Avez-vous choisi le prénom de ce doux moineau ? roucoule Fridzi.

Sara sourit en posant sa main sur l'ovale parfait.

— Il y a quelques nuits, j'ai rêvé d'une maison aux mille portes, aux mille jardins, une maison telle qu'il n'en existe que dans les rêves. Et le vent m'a chuchoté un nom à l'oreille, un prénom à la fois doux et puissant, un prénom protecteur.

Il s'appellera Lelahel.

Impression : BoD - Books on Demand,
Norderstedt, Allemagne

Dépôt légal février 2022
ISBN 978-23-22392-59-9

Copyright © Emmanuelle Hayer, 2018
Tous droits réservés pour tous pays